MW00764837

Né en 1978 en Belgique, Bernard Quiriny est docteur en droit et universitaire en Bourgogne. Il écrit pour plusieurs magazines, dont *Chronic'art*, *Le Magazine littéraire* et *Trois Couleurs*. Il est l'auteur de *L'Angoisse de la première phrase* (2005) et de *Contes carnivores* (2008), deux recueils de nouvelles fantastiques couronnés par de nombreux prix, notamment le prix de la Vocation, le prix Victor-Rossel et le prix du Style. *Contes carnivores* a été désigné comme l'un des meilleurs livres de l'année 2008 par RTL et le magazine *Lire*.

L'Angoisse de la première phrase
nouvelles
Phébus, 2005

Les Assoiffées
roman
Éditions du Seuil, 2010

Bernard Quiriny

CONTES CARNIVORES

Préface de Enrique Vila-Matas

Éditions du Seuil

TEXTE INTÉGRAL

ISBN 978-2-7578-1995-1
(ISBN 978-2-02-92849-6, 1ʳᵉ édition)

© Éditions du Seuil, mars 2008

Un catalogue d'absents

par Enrique Vila-Matas

Je prépare depuis des années une *Histoire générale du vide*. Mais l'angoisse d'en écrire la première phrase me paralyse. Comme je n'ignore pas que rien ne détend autant qu'un masque, j'ai l'intention de prendre un pseudonyme pour pouvoir enfin oser écrire la première phrase de cette *Histoire*.

Je sais que si, un jour, je me décide enfin à commencer le livre, j'y mettrai tout d'abord l'histoire que me raconta Raúl Escari dans la rue Maipú, en face de la maison de Borges à Buenos Aires. Mon ami me dit qu'après avoir, un jour, déjeuné chez Copi, il avait expliqué à celui-ci que les fleurs coupées durent plus longtemps si on met un cachet d'aspirine dans l'eau. Puis Raúl était allé acheter une bouteille de vodka et, de retour à la maison, il avait retrouvé Copi immobile, assis devant un vase posé au milieu de la table dans lequel il y avait un coquelicot, regardant très attentivement la fleur. Copi voulait vérifier si ce que lui avait dit Raúl était vrai et pensait que l'éventuel effet stimulant de l'aspirine se produirait *à vue d'œil*.

Des années plus tard, Raúl rappela que Copi s'appliquait à chercher l'énigme de l'univers ; mortellement atteint du sida, il lui avait expliqué, comme s'il était, ce jour-là aussi, assis devant le coquelicot :

– Pour autant que je m'en approche (de la mort), *je ne découvre rien.*

Il m'a toujours semblé que cette histoire de Raúl Escari pouvait ouvrir la très courte *Histoire générale du vide* que je veux écrire sans me décider à le faire et dont le premier épisode, selon moi, devrait évoquer le péché originel et le paradis perdu. Quel serait le deuxième ? Anne-Marie Aguirre, une bonne amie à moi de Paris, situe l'apparition de l'idée de vide chez un prédécesseur de Plotin, un philosophe dont j'ai oublié, cet après-midi, le nom (tel est le seul mais supportable inconvénient d'écrire dans une maison aux murs blancs, sans un seul livre), mais dont je me souviens toutefois parfaitement qu'il a dit : « Il n'est pas sûr que l'histoire du monde soit une histoire de grandes réussites, elle est peut-être celle de l'ennui. » Je me souviens que cette phrase m'avait surpris à l'époque parce que je n'avais pas encore fait le lien entre l'*histoire* et les *grandes réussites* ; au contraire, les deux notions me semblaient tout à fait différentes.

Mais, à présent, je sais parfaitement que rechercher la transcendance et fuir l'ennui (chose impossible) sont liés à l'histoire de l'humanité et atteignent un point culminant dans *Les Aventures d'Arthur Gordon Pym*, le livre le plus étrange d'Edgar Allan Poe, dont la célèbre fin, encore plus énigmatique et étrange que le récit lui-même, situe le héros dans un canot au bout du monde. Un courant irrésistible pousse l'embarcation vers le Sud, *vers le Pôle* et, au fur et à mesure qu'ils approchent des limites de la terre, tout l'entourage se transforme et on voit une immense colonne de vapeur à l'horizon, l'eau prend une couleur laiteuse et se réchauffe, et une très fine et pâle poussière tombe sur le canot, tandis que des douzaines d'oiseaux géants et blancs crient :

– Tekeli-li, Tekeli-li !

Le plus surprenant, ce sont les derniers mots du récit : « Mais voilà qu'en travers de notre route se dressa une figure humaine voilée, de proportions beaucoup plus vastes que celle d'aucun habitant de la terre. Et la couleur de la peau de l'homme était la blancheur parfaite de la neige. »

C'est sur ces mots que se termine brutalement le récit de Poe, considéré depuis toujours comme inachevé. Cette couleur blanche de la fin du récit a toujours été pour moi étroitement liée à la fascinante couverture du livre de 1788, *Histoire générale de l'ennui*, de Pierre Gould (remarquable ancêtre du Pierre Gould qui apparaît toujours dans les récits de Bernard Quiriny, l'un de mes écrivains préférés). Sur cette couverture fascinante, on voyait une silhouette humaine émergeant d'un bloc de glace grandiose. J'ai lu ce livre enfant et son idée, mais surtout la couverture glaciale, sont restées à jamais gravées en moi.

Comment n'aurais-je pas gardé le souvenir d'une œuvre dont l'appendice est le plus extravagant de l'histoire des livres, cet appendice intitulé *Catalogue d'absents* où l'auteur s'attelle à une tâche considérable et démentielle : réunir et noter les noms de tous les morts que le monde a connus avant que l'auteur écrive la première phrase de son livre ? Je n'ai eu que bien des années plus tard l'explication raisonnée de l'existence d'un appendice aussi insolite et aussi fou accolé à *L'Histoire générale de l'ennui*. Et j'ai été à vrai dire presque déçu par l'explication, parce que je l'ai trouvée à la fois trop simple et trop sotte : Pierre Gould s'était attelé à cette tâche (si vouée à l'inexactitude, parce qu'il est évident qu'il y a eu dans le monde des millions de morts qui n'ont été consignées nulle part) parce qu'il voulait

9

simplement s'opposer à son illustre géniteur, Johann Heinrich Gould, physicien et mathématicien allemand de Tübingen qui, au milieu du XVIIIe siècle, avait démontré que le symbole π était irrationnel, interdisant de ce fait de lui attribuer une fraction numérique.

Son fils chercha, dans sa tentative d'écrire le *Catalogue* dément et irrationnel, à démontrer qu'il ne pouvait y avoir en ce bas monde que des nombres exacts, y compris ceux des morts connus par l'univers tout au long de son histoire éminemment mortelle. « Ce nombre doit forcément exister, qu'il soit aisé de le trouver est une autre histoire parce qu'il y aura toujours plus d'un défunt caché », affirmait le pauvre Gould junior, déclenchant la stupeur, la compassion ou les rires de ses contemporains, et l'inquiétude de sa mère, une intelligente aristocrate française. Il est évident que Pierre Gould cherchait uniquement à s'opposer à son père, quelles que fussent les conséquences. Être beaucoup plus que son père, être Dieu Lui-même pour pouvoir confectionner un amusant catalogue de morts uniquement à la portée d'un être divin.

Toujours est-il que *L'Histoire générale de l'ennui* et son démentiel et tout compte fait maigre *Catalogue* (bien sûr inachevé, Pierre Gould n'étant même pas parvenu à conclure la liste des morts consignés dans les sacristies de sa Tübingen natale) sont là et bien là. Et je dois dire que, d'une certaine façon, je me considère comme son continuateur, puisque je travaille mentalement, depuis quelques années, à un catalogue personnel, un *Catalogue d'absents* qui doit être l'appendice de ma très courte *Histoire générale du vide*, résumé très abrégé (quoique riche en inclusions personnelles) de l'ambitieuse et incomplète *Histoire générale de l'ennui* publiée en son temps par Pierre Gould.

Pour quoi ? Ai-je par hasard, comme Gould, un père à contredire ? Mon cas est légèrement différent. J'écris ce livre pour m'opposer à ma mère, pour faire quelque chose de tout à fait différent qu'elle.

Ma mère, *alias* Œil de Verre, affirme que sa vie est remplie de risque, d'insécurité et de divertissement. Elle ne s'ennuie jamais. C'est ce qu'elle dit. Mais elle le répète tant qu'on la soupçonne de s'ennuyer au fond toujours beaucoup. Plus, je crois qu'elle aurait été un personnage idéal pour *L'Histoire générale de l'ennui* de Pierre Gould.

J'écris toutes ces choses dans un petit appartement aux murs blancs, sans livre. J'ai beaucoup de sympathie pour les murs vides. Si je devais, un jour, décorer un mur de cette maison, j'y accrocherais un tableau reproduisant le sphinx des glaces que Gordon Pym crut voir au bout du monde. Mais je n'accrocherai jamais rien. J'ai avant tout besoin d'écrire avec un mur nu dans mon dos, l'environnement selon moi le plus adéquat pour travailler à un *Catalogue d'absents*. Des couleurs ne seraient-elles pas ridicules dans mon appartement ? J'aime ces murs blancs, j'aime le froid. En fait, le froid me fascine tant que j'en suis arrivé à penser qu'il dit la vérité sur l'essence de la vie. Je déteste l'été, la sueur des belles-mères affalées sur les sables du cirque des plages, les paellas, les mouchoirs pour éponger la transpiration. Le froid me semble très élégant et il se moque d'une manière infiniment sérieuse. Et le reste est silence, vulgarité, puanteur et graisse de cabine de bain. Les flocons suspendus dans l'air me fascinent. J'aime les bourrasques de neige, la lumière spectrale de la pluie, la géométrie hasardeuse de la blancheur des murs de cette maison.

J'aime penser à la palpitation de l'eau sous la glace.

Je m'ennuie pas mal, au moins autant que ma mère.

Savoir qu'il n'est pas trop tard pour acquérir une certaine grandeur de caractère me console.

J'aimerais sortir et fumer une cigarette de glace.

Je me fais parfois passer tantôt pour Pierre Gould, l'historien de l'ennui, tantôt pour son descendant, celui qui s'appelle aussi Pierre Gould et apparaît dans les récits de Bernard Quiriny.

En tout cas, j'aime me savoir différent. L'aptitude à la joie s'atrophie quand on veut être comme les autres.

Il m'arrive d'aller à la morgue pour qu'on me donne les noms des morts du jour, mais d'un pas si lent qu'il en sortira un catalogue d'absents encore plus court que celui du pauvre Pierre Gould. Je crois toutefois que la présence du personnage de Falter sera cruciale dans mon *Histoire générale*. Je devrai insister particulièrement sur ce fabuleux personnage, cet homme que sa vocation d'explorateur du mystère du monde mena trop loin. Parce que Falter, parent proche de ce Copi qui enquêtait sur le coquelicot, est ce type dont nous parle Nabokov dans sa nouvelle *Ultima Thulé*, cet homme qui perdit toute compassion et tout scrupule quand, dans une chambre d'hôtel, il trouva une solution à « l'énigme de l'univers » et ne voulut la révéler à personne après l'avoir fait une seule fois, cédant aux pressions d'un psychiatre si ébranlé par la révélation qu'il en mourut.

Je crois qu'un autre personnage crucial de mon *Histoire générale du vide* devrait être Œil de Verre en personne, ma mère, toujours si peu soupçonnable de s'ennuyer alors qu'en réalité, je le sais, elle cohabite avec le vide dans un ennui mortel. Ma mère. Je ne sais combien de fois je l'ai vue se pencher à la fenêtre d'une chambre d'hôtel, scrutant l'horizon, comme si elle allait découvrir au-delà l'énigme de l'univers ou du vide. Mais je ne crois pas qu'elle ait jamais cherché ou désiré la trouver. Parce que Œil de Verre sait parfaitement, comme Falter, que résoudre l'énigme la conduirait à voir tout à coup la réalité entière, à avoir tout à coup devant elle la grandiose et effrayante vérité et donc à tomber, peu après, foudroyée par le mortel effroi final.

Ceux qui, comme moi, ont le sentiment que c'est ce qu'a pu voir Falter entendent parfois des poèmes doux et angoissants, des vers féminins qui affligent, des vers magnifiques de poétesses joliment désorientées comme Hilda Doolittle, qui disait avoir vu que les murailles ne tombaient pas et qu'elle ne comprenait pas pourquoi, tandis que les siens et elle avançaient vers le bout du monde et remarquaient tout à coup que l'éther pesait plus que le sol, que celui-ci s'incurvait comme dans un naufrage, quand, de son côté, l'expédition découvrait tout à coup qu'il n'y avait plus de règles. Doolittle le dit à la fin de son plus beau poème : « Nous ne connaissons pas de règles / à suivre, / nous sommes des navigateurs, des explorateurs / de l'inconnu, du non-consigné ; / nous n'avons pas de carte ; / peut-être arriverons-nous à bon port… »

Moi, avec mon *Catalogue d'absents*, je pense, à vrai dire, n'arriver dans aucun port. Je crois que le mieux serait de me contenter de ne faire qu'un modeste catalogue personnel, c'est-à-dire une liste simple et tragique de mes morts. Accéder à d'autres inventaires de défunts, accéder au Catalogue du *non-consigné*, serait sans doute s'atteler à une tâche aussi impossible qu'infinie, et surtout se perdre sur le sentier de l'échec de celui qui est mon modèle en la matière, le pionnier Pierre Gould.

Je vais rester sur mon territoire, avec mes morts les plus intimes qui – maintenant que j'y réfléchis – n'existent pas. Ils n'existent pas ! Comment ne m'en suis-je pas rendu compte plus tôt ? Tous les êtres que j'aime sont encore vivants, un privilège. Chose presque insolite, aucune personne qui m'entoure n'est encore morte. Ce qui veut dire qu'en ce qui concerne les catalogues de défunts, je ne peux même pas écrire celui de mes morts personnels, je ne peux même pas faire cette liste d'absents. Pendant combien de temps vais-je pouvoir continuer ainsi, sans morts proches ? Comment vais-je faire pour remplir décemment mon vide existentiel ? En écrivant cette *Histoire générale du vide* dont la première phrase m'angoisse tant qu'elle me paralyse ? Je devrais être réaliste et me rendre à l'évidence, ce que je dois faire est simplement continuer à appartenir – bien que pour des raisons chronologiques je n'en fasse pas partie – à *L'Histoire générale de l'ennui* de Gould junior.

La seule chose qui pourrait m'arracher pour de bon à l'ennui serait de rencontrer Falter et qu'il me raconte ce qu'il sait, mais non, qu'il me raconte quelque chose de tout ce qu'il a vu de si terrible ne m'intéresse pas du tout, parce que je sais que ce savoir équivaut à aller très au-delà du Tekeli-li et du sphinx des glaces de Poe, c'est s'exposer à recevoir directement un coup impromptu de réalité, de vérité, s'exposer à une mort foudroyante.

Je ne sais pas. Comme mon *Histoire générale du vide* devait, au fond, être très courte, je la considère d'ores et déjà comme terminée. Je suis vaincu par la paresse. De plus, j'ai toujours été volubile, frivole et dispersé. J'espère qu'on dira que cette *Histoire générale du vide* n'est pas allée au-delà d'une tentative de ne jamais l'écrire et qu'elle reste comme un vide de plus dans l'histoire générale du vide, la plus creuse de toutes les histoires. Je préfère cela plutôt qu'on s'occupe de moi et qu'on dise la vérité, qu'on dise que j'existe parfois sans identité, que je ne suis jamais à l'endroit d'où je

14

parle et tout ce qu'on dit d'ordinaire quand on croit qu'il y a vraiment quelque chose à dire.

Je préfère me contenter d'être un personnage de Pierre Gould. Ou plutôt de me faire passer pour le Pierre Gould actuel, pour le héros – peut-être double – de Bernard Quiriny. Ce qui devrait, dans le fond, être pour moi plus stimulant qu'écrire une *Histoire générale du vide* et passer ma vie à batailler avec la première phrase. Me faire passer pour Pierre Gould, le descendant du mathématicien de Tübingen et, l'un de ces quatre matins, rendre visite à Bernard Quiriny pour lui demander pourquoi il raconte tant d'histoires de moi.

Ou mieux encore : non pas *me faire passer pour*, mais *être* directement Pierre Gould et, au passage, interroger Quiriny sur son deuxième livre et vérifier s'il est vrai, comme on me l'a dit, qu'il ressemble comme deux gouttes d'eau au *Catalogue d'absents* que j'écris dans ma tête depuis tant d'années. Ce deuxième livre de Quiriny est-il vraiment un catalogue d'absents ? Autrement dit, ce livre ne serait-il pas de Pierre Gould, ne serait-il pas de moi ? J'en réclame la paternité.

Barcelone, 28 avril 2007
E. V.-M.

Traduit de l'espagnol par André Gabastou.

« Si ces faits stupéfiants sont réels, je vais devenir fou. S'ils sont imaginaires, je le suis déjà. »

Ambrose Bierce

Sanguine

« Épluche-toi, petite mangue, ou bien gare au couteau… »

André Pieyre de Mandiargues

Nous nous croisions chaque soir au restaurant de l'hôtel où j'avais pris pension. Comme il était seul, je l'avais vite remarqué parmi les couples et les familles qui formaient le gros de la clientèle. J'étais venu à Barfleur pour trouver du calme et du repos ; j'y avais si bien réussi que je commençais à m'ennuyer un peu – à part quelques chemins de promenade, toutes ces villes côtières n'offrent pas beaucoup de distraction à ceux qui, comme moi, se lassent vite des plaisirs de la baignade.

Je me disais que nous pourrions peut-être partager nos repas. Rien n'indiquait qu'il souhaitait demeurer seul, et il n'y avait aucune raison pour qu'il s'ennuie moins que moi dans cette atmosphère de fin de saison. Nous pouvions dîner ensemble puis prendre le cognac au salon, ou marcher un peu sur la plage désertée, le tout dans un esprit de sympathie distante et réservée, à la manière de deux gentlemen qui, sans avoir à fixer les règles du jeu, savent ne pas pousser trop loin l'intimité.

Hélas, il ne me donnait rien qui m'eût permis d'engager la conversation : il ne lisait aucun journal, s'habillait sans extravagance, commandait toujours les mêmes plats, bref, semblait tout faire pour se rendre invisible et être oublié, y compris par le maître d'hôtel qu'il n'appelait pas lorsqu'il avait terminé son assiette, attendant qu'on vienne la lui retirer et lui proposer un dessert. Son air mélancolique, la manière qu'il avait de passer sans cesse la main dans ses cheveux gris, le soin qu'il mettait à replier sa serviette avant de quitter sa table, tout chez lui m'intriguait ; sans lui avoir jamais adressé la parole, je me convainquis qu'il était d'une conversation intéressante. Je ne me trompais pas.

Un soir, il eut le geste qui me permit enfin de l'aborder. C'était un dimanche, le deuxième que je passais à l'hôtel, où j'étais arrivé deux semaines plus tôt. J'étais descendu pour dîner à dix-neuf heures et m'étais assis à une table proche de la sienne. Le garçon m'apporta la carte, puis s'approcha de lui. L'homme demanda qu'on lui prépare un verre de jus d'oranges pressées. J'en fus étonné, concevant mal qu'on pût boire autre chose qu'un alcool avant de dîner ; le serveur ne fit aucun commentaire et, quelques instants plus tard, revint du bar avec un verre qu'ornait un parasol en papier de soie.

L'homme le remercia puis laissa se perdre son regard en faisant tourner le verre entre ses doigts. Je crus qu'il s'apprêtait à boire son jus, mais, au lieu de cela, il plongea la main dans son veston et en tira une ampoule dont il brisa l'extrémité avant d'en répandre le contenu dans le verre ; puis, après avoir battu le mélange avec une cuiller, il l'avala d'un trait. Le geste me parut tellement inattendu que je ne pus m'empêcher de l'interroger.

– Médicament ?

Il leva la tête vers moi, surpris. Je craignis d'avoir paru inconvenant, mais il me fit un large sourire et répondit d'un ton avenant.

– Ce n'est pas un médicament, non. Pas tout à fait.

Comme il voyait que sa réponse allait appeler de ma part une autre question, il me proposa de le rejoindre à sa table – ce que je fis. Il prit le petit tube de verre entre le pouce et l'index et le considéra pensivement.

– Cette ampoule, reprit-il, contenait un liquide dont la nature vous surprendrait si je vous la révélais.

– Était-ce une drogue ?

– Non.

– Quoi, alors ?

– Du sang.

Des images de vampire et de chirurgie du cœur me vinrent à l'esprit, et j'eus un mouvement de recul. Un sourire malicieux barra son visage.

– N'ayez pas peur, je ne vais pas vous sauter au cou pour vous croquer les veines. Mais je comprends que mon rituel du dimanche vous étonne.

– Vous buvez du sang tous les dimanches ?

– Un peu de sang dans du jus d'oranges pressées, oui, chaque dimanche depuis quinze ans. Vous aimeriez savoir pourquoi, je suppose ?

*

« C'était donc il y a quinze ans, à Bruxelles, où j'avais vécu trois ans et dont je m'apprêtais à partir. Mes meubles avaient déjà été expédiés vers la ville où j'allais emménager, et mon appartement était tout encombré de cartons et de caisses de livres. Dans ma chambre ne restaient plus qu'un lit et un réveil mécanique. Malgré les tracas du déménagement, j'avais du temps libre ; j'en profitais pour marcher dans Bruxelles en tâchant de m'imprégner une dernière fois de l'atmosphère de la ville. Durant l'une de ces promenades, un dimanche après-midi, j'ai rencontré la femme-orange. Drôle de nom, n'est-ce pas ? C'est en tout cas celui qu'elle porte dans mon souvenir. Je ne crois pas qu'elle m'ait dit comment elle s'appelait, ou alors je l'ai oublié. Elle était belle et très jeune, vingt ans peut-être ; son visage était en partie caché par des cheveux d'une blondeur irréelle, et le magnétisme de ses yeux était étonnant. Elle s'était assise sur le même banc que moi, près de la place de la Monnaie, et consultait en fronçant les sourcils une brochure dont je devinai qu'il s'agissait d'un plan. En temps normal, je l'aurais laissée se débrouiller seule : je ne sais pas offrir mon aide aux inconnus, et n'ai jamais été habile avec les femmes. Pourtant ce jour-là, je ne sais pas pourquoi, je lui ai proposé de la renseigner. Elle a relevé la tête avec un sourire radieux et m'a dit qu'elle cherchait la rue Camusel. Sa voix était haut perchée, avec un accent qu'à cause de ses cheveux je trouvai scandinave. Je connais bien Bruxelles, lui dis-je, voulez-vous que je vous accompagne ? Enchantée, elle se leva d'un bond ; je lui offris mon bras et nous partîmes ensemble, aussi fortuitement que nous nous étions rencontrés. Nous n'échangeâmes pas un mot durant notre promenade. J'étais fébrile à l'idée de marcher aux côtés d'une telle beauté, et je songeais vaguement à rallonger notre itinéraire pour profiter de cette aubaine. Quant à elle, elle se laissait conduire comme une enfant, regardant autour d'elle comme si elle débarquait d'un autre monde.

Nous arrivâmes dans la rue Camusel, qui était déserte. Elle s'arrêta devant le n° 8, une grande maison en brique rouge comme il y en a tant à Bruxelles. Elle lâcha mon bras, me remercia puis examina les noms sur l'interphone. C'était un vieux dispositif comme on en fabriquait dans les années 1950, rongé par la rouille. On allait lui ouvrir, songeai-je avec dépit, et mon aventure prendrait fin. Je m'apprêtais à partir lorsqu'elle me dit que le nom qu'elle cherchait n'y était pas. Nous vérifiâmes ensemble, sans succès. Je tentai ma chance : puisque son rendez-vous tombait à l'eau, voulait-elle prolonger la balade ? Elle accepta, et nous repartîmes vers le centre en prenant la rue d'Anderlecht et la rue du Marché-au-Charbon.

L'après-midi fut magnifique. Je pris de l'assurance et lui parlai de mes quartiers préférés, des pays que j'avais habités, des gens que j'avais connus. Elle n'était pas bavarde et posait surtout des questions ; j'eus tout le mal du monde à obtenir quelques confidences, et elle rusa si bien qu'elle parvint à ne presque rien me dire. Nous déambulâmes à travers Bruxelles comme si nous étions deux étrangers ; à son bras, j'avais l'impression de découvrir des rues et des places que je connaissais pourtant par cœur. Lorsque nous fûmes fatigués de marcher, nous entrâmes dans une brasserie. Elle me laissa commander de la bière, trempa prudemment les lèvres dans la mousse de son verre puis, trouvant que l'amertume était à son goût, pencha la tête pour faire couler la boisson dans sa gorge en fermant les yeux.

Lorsque le jour fut tombé, nous sommes allés dîner dans un restaurant de la place Sainte-Catherine où j'avais mes habitudes. Il était plein mais, par chance, une table se libéra ; le repas fut savoureux et dura jusqu'à minuit.

Nous aurions pu nous séparer là, mais nous n'en avions nulle envie. Craignant de rompre le charme, je n'osai lui demander explicitement de rester avec moi ; elle comprit mes intentions et m'embrassa sur la bouche. Il y avait dans cette aventure une sorte de simplicité qui excluait la gêne, comme si nous avions convenu en pensée que nous éviterions le supplice des déclarations réciproques. L'air s'était refroidi et elle frissonna ; un taxi nous ramena à mon immeuble, près de la porte de Namur. Je fus confus de l'accueillir dans un appartement presque entièrement démeublé, mais elle ne fit aucune remarque. Elle m'embrassa de nouveau ; nous tombâmes enlacés sur le lit. Les volets n'étaient pas fermés, la lumière de la ville éclairait faiblement la chambre. Vous imaginez mon état. »

*

Il se tut, pensif. Pour lui éviter d'avoir à en dire davantage sur la nuit qu'il avait passée avec la jeune femme, je fis une remarque égrillarde. Il leva la tête et me regarda en souriant ; je compris alors que je m'étais trompé, et que la nuit en question allait être racontée en détail. « Pardonnez-moi cette longue introduction, dit-il, mais il n'était pas possible de relater correctement cette histoire sans remonter à son commencement. Vous pensez sans doute qu'elle et moi nous sommes livrés aux ébats de circonstance avant de nous endormir : vous n'avez pas complètement tort, car c'est bien ce qui s'est passé. Mais sans doute l'image que vous vous faites de la scène n'a-t-elle qu'un rapport lointain avec la réalité. »

Le serveur surgit et déposa devant nous les plats que nous avions demandés. Il ne commenta pas le fait que j'avais changé de table, m'apporta des couverts et s'en fut. Mon interlocuteur reprit.

*

« Lorsque je voulus passer une main sous le chandail qu'elle portait à même la peau, elle m'enserra le poignet dans un geste de résistance, comme si elle refusait d'aller plus loin. J'en conçus non de la frustration, mais plutôt de l'incompréhension ; allions-nous en rester là, alors que tout semblait nous inviter à mener l'histoire à son terme ? J'allais lui demander des explications, mais elle posa son index sur mes lèvres.

– Je dois te dire quelque chose, murmura-t-elle. Tu ne dois pas avoir peur.

Je demeurai silencieux.

– Promets-moi que tu n'auras pas peur.

Je promis tout ce qu'elle voulait ; elle prit alors ma main et la conduisit sous son tricot. Je sentis sous mes doigts une épaisseur inattendue, une granulosité déconcertante ; intrigué, je remontai vers ses seins mais ne trouvai nulle part le velouté d'une peau de jeune femme. Qu'avait-elle ? J'imaginai un accident grave, des brûlures, des cicatrices et des callosités ; ses yeux me fixaient durement, comme si elle me mettait à l'épreuve.

– Tu veux voir ?

– Oui, dis-je.

Elle ôta alors son chandail et je fus confronté au spectacle le plus extraordinaire qu'il m'ait jamais été donné de contempler. Du ventre jusqu'à la gorge, elle était recouverte de peau d'orange. C'était une carapace qui la moulait à la perfection, comme une tunique de Nessus. Pris de désir et de panique, je ne savais comment réagir : devais-je approcher mes lèvres et goûter cette peau surnaturelle, ou simplement l'admirer sans la toucher ? Elle ne me laissa pas le temps d'en décider, car déjà elle levait le bassin pour ôter son pantalon ; pétrifié, je découvris sur ses cuisses et ses jambes la même croûte que sur le haut de son corps. Seules ses extrémités y échappaient : la peau d'orange devenait de plus en plus fine à mesure qu'approchaient les chevilles, les poignets et le cou, faisant pour

25

finir une bordure pareille à la cuticule que l'on a au bord des ongles.

Lorsqu'elle fut entièrement déshabillée, un silence s'installa. Comme je n'agissais pas, elle m'aida à enlever à mon tour chemise, pantalon et caleçon ; nous fûmes bientôt aussi nus l'un que l'autre – si l'on peut dire. J'étais inquiet : pouvais-je l'aimer comme n'importe quelle autre femme, ou sa peau d'orange l'empêchait-elle de faire l'amour ? Craignant qu'elle lui soit un rempart, je regardai le haut de ses cuisses, tentant de savoir s'il y avait un interstice qui donnait accès à son sexe. Elle fit alors quelque chose qui rajouta à ma stupéfaction. Portant la main à sa cheville, elle replia l'index et, du bout de l'ongle, gratta la lisière où la peau humaine de son pied rejoignait la peau d'orange de son mollet. Après quelques secondes, elle parvint à les distinguer et, tirant avec précaution, décolla une bandelette qui lui zébra la jambe. Elle jeta la pelure au loin puis me regarda.

– À ton tour, maintenant.

Elle s'allongea sur le dos et s'offrit à moi. Inutile de vous dire que je n'avais jamais été plus intimidé par l'invitation d'une femme. Agenouillé devant elle, je passai la main là où elle venait de s'ôter un peu de peau. La déchirure était trop étroite pour que j'y puisse enfoncer le doigt, aussi arrachai-je un second lambeau à côté du premier. C'était une peau assez fine, plus proche de la mandarine que de l'orange. Des filaments blancs adhéraient encore à la chair, que j'arrachai un par un ; son mollet se révéla alors, mat, ferme et bien lisse, plus soyeux qu'aucun tissu précieux.

Je la pelai de la tête aux pieds, arrachant sa carapace par morceaux entiers, jouant comme les enfants à obtenir les plus longues pelures possibles, tournant autour de sa cuisse pour en faire des serpentins. Sur son ventre, j'enlevai de larges plaques qui dessinaient des cartes autour de son nombril. À certains endroits, le zeste, plus épais, laissait subsister sur la chair cette couche spongieuse et blanchâtre que les botanistes appellent mésocarpe, et que j'enlevais en la faisant plisser sous mes doigts comme un tapis qu'on roule. Un puissant parfum d'orange envahit la pièce. Parfois, elle avait un geignement langoureux ; je pense qu'elle prenait plaisir à cette mise à nu et que la sensation de sa seconde peau se décollant de la première la transportait.

Combien de temps me fallut-il pour la débarrasser de son écorce orangée ? Une heure, deux peut-être ; une fois que j'eus nettoyé ses épaules, sa poitrine, ses seins et ses jambes, je la priai de s'allonger sur le ventre pour décortiquer son dos, ses reins et ses cuisses. À ma surprise, je ne découvris sur ses fesses qu'un zeste très fin, qui s'effritait au passage de mes doigts comme des envies. Les talons, eux, étaient dissymétriques : l'un était couvert de peau d'orange, l'autre pas. Souvent les morceaux que j'arrachais laissaient sur la chair des gouttelettes odorantes, que je léchais avidement. La cérémonie fut interminable, comme si le temps s'était arrêté. L'envie de la posséder était intense, mais je m'efforçai d'en retarder le moment en inspectant chaque repli de son corps pour y trouver des fragments oubliés et les ôter délicatement. Enfin j'ouvris ses cuisses et, le cœur battant, entrepris de détacher la cosse qui s'y cachait. Sur les rebords de son sexe, la peau d'orange s'affinait jusqu'à disparaître, comme aux chevilles et aux poignets ; l'orifice, lui, était dégagé. Je me mis à l'œuvre, encouragé par ses soupirs éloquents. Enfin, quand son corps fut entièrement rendu à l'état humain, je l'embrassai et m'insinuai en elle, sentant sa peau merveilleusement veloutée contre la mienne. Je vous épargne la suite. »

Il se tut. Son visage n'était pas moins inexpressif que d'habitude, mais je le sentis ému. Le serveur vint demander si nous avions terminé ; je constatai que j'avais dévoré mon assiette sans m'en rendre compte. Le choix d'un dessert nous procura quelques instants de distraction ; nous dégustâmes en silence la même tarte aux prunes puis commandâmes du café. Mon interlocuteur reprit alors son récit. Son visage s'assombrit.

*

« J'aimerais arrêter là, mais vous seriez en droit de me demander des comptes ; car enfin, vous ignorez toujours pourquoi je verse du sang dans mon jus d'oranges. Bien que ce me soit désagréable, il me faut maintenant vous dire le dénouement de cette histoire.

Je m'endormis aussitôt après l'avoir prise et, aussi bizarre que cela paraisse, dormis d'un trait jusqu'au matin. Lorsque je me réveillai, il me fallut quelques secondes pour me souvenir de ma nuit et de la femme-orange qui dormait à mes côtés. J'ouvris les yeux et tournai la tête. Une vision d'horreur s'offrit à moi. Au lieu de l'ange blond à qui j'avais fait l'amour, je découvris un corps flétri et recroquevillé, comme si on l'avait exposé à une flamme. Une épaisse moisissure bleue se développait en divers endroits, et un prurigo avait détruit tout son visage ; quant aux zestes que j'avais arrachés la veille, ils s'étaient racornis en noircissant, et certains se liquéfiaient en produisant une boue gluante qui bavait sur le parquet. J'étais tétanisé, et mon esprit se refusait à reconnaître la jeune fille d'hier dans ce corps putréfié. Était-elle morte ?

J'examinai son visage hideusement déformé : elle respirait faiblement. Ses paupières s'ouvrirent à demi, ainsi que ses lèvres brunies. Elle murmura à peine : "Bois-moi, maintenant", puis mourut. Sur le lit gisait une dépouille méconnaissable, dont personne n'aurait pu croire que c'était une femme la veille encore. Choqué et fasciné, je ne savais quoi penser. J'avais cru jouer un jeu en la dépouillant de sa basane, persuadé qu'une nouvelle écorce lui repousserait bientôt ; en réalité, je l'avais tuée. J'étais donc son meurtrier – son meurtrier malgré moi, mais son meurtrier tout de même. Pourquoi s'était-elle abandonnée à moi, sachant qu'elle n'en réchapperait pas ? Ignorait-elle que le pelage lui serait fatal ? Ou m'avait-elle manipulé en se suicidant à petit feu sous mes doigts amoureux ?

Ses derniers mots me hantaient. "Bois-moi, maintenant." Comme un automate, sans réfléchir, j'allai à la cuisine et, en fouillant au hasard des tiroirs, trouvai un sachet de pailles en plastique que je ramenai auprès d'elle. D'un geste sec, j'en plantai une dans son front ; bien qu'elle fût souple, elle y entra comme dans du beurre – même les os n'avaient plus de consistance, tout le cadavre s'amollissait à mesure qu'il pourrissait. J'enfonçai doucement la paille au fond du crâne, puis je la mis entre mes lèvres et aspirai. Une bouillie remonta dans ma bouche, qui avait le goût d'orange et de sang. C'était délicieux, absolument délicieux. Lorsque je l'eus entièrement bue, il ne restait plus qu'une membrane transparente et froissée, comme un quartier d'orange dont on a sucé la pulpe.

Son goût me poursuivit durant des semaines ; je l'avais sans cesse sur la langue et en tirais un mélange de plaisir et de dégoût difficile à exprimer. Il s'atténua finalement avant de disparaître. Je constatai aussitôt qu'il me manquait, et que je ne parvenais pas à m'en passer. Depuis, je le cherche en versant chaque semaine une ampoule de sang dans un verre de jus d'oranges : en variant les dosages, le taux de sucre et les groupes sanguins, j'essaie de reconstituer cette étrange boisson. Je crains cependant de ne jamais retrouver la sensation que m'a donnée à l'époque ce festin meurtrier. »

*

Nous nous revîmes plusieurs fois durant la semaine que je passai encore à Barfleur. Nous fîmes des promenades, jouâmes aux échecs et discutâmes, sans revenir cependant sur la femme-orange. J'aurais aimé lui poser des questions, lui parler de sa vie après leur nuit d'amour, du culte qu'il lui rendait depuis ; ma curiosité allait jusqu'aux détails les plus triviaux – avait-il cherché à savoir qui elle était, qu'avait-il fait de la cosse vidée, où se procurait-il ses ampoules de sang ? Je n'osais pas l'interroger ouvertement, craignant de paraître indiscret. Nous quittâmes l'hôtel le même jour et prîmes un même taxi pour rejoindre la gare. À l'arrivée, nous nous saluâmes courtoisement sans nous promettre de nous revoir. J'ai souvent songé à lui depuis lors, et je dois confesser ceci : depuis que je connais cette histoire, le jus d'oranges a pris dans mon esprit une portée puissamment érotique, et je l'associe à tous mes jeux sexuels. Ce fétichisme incongru amuse beaucoup mes femmes, qui consentent volontiers à faire couler pour moi un peu de leur sang dans un verre d'oranges pressées. Certaines partagent même ma fantaisie et, en justifiant leur gourmandise par d'impérieuses préoccupations diététiques, boivent après les avoir mélangés aux agrumes tous les jus que je veux bien leur donner.

L'épiscopat d'Argentine

Je suis entrée au service de l'évêque de San Julián en 1939, peu après la mort de mon mari. Celui-ci s'était tué dans un accident d'avion en Terre de Feu avec son associé, me laissant seule en Argentine, pays dont je parlais mal la langue et où je ne connaissais personne. Comme je n'avais aucune fortune, je dus trouver un travail. La proximité d'un homme de Dieu, avais-je pensé en me présentant à l'évêché après avoir appris qu'on y cherchait du personnel, apaiserait mon âme et m'aiderait à surmonter ma peine.

Je fus embauchée aux cuisines. Les gages étaient modestes, mais on était nourri et logé ; je disposais d'une chambre que je partageais avec Teresa, une cuisinière chilienne à qui je ne parvins jamais à soutirer plus de trois mots d'affilée. Au bout de quelques semaines, une femme de ménage tomba malade et je dus la remplacer. J'allais avoir à faire chaque matin la chambre de l'évêque, ce qui me parut un grand honneur. L'intendant, Morel, insista tout spécialement sur les horaires, que je devais respecter avec la plus grande exactitude ; en aucun cas je ne devrais déranger Son Excellence, en aucun cas il ne devrait s'apercevoir de mon passage. « Vous serez comme invisible pour lui, et ne passerez dans sa chambre que le temps nécessaire à l'accomplissement de votre tâche. Pas une minute de plus. » Il précisa que personne à part moi ne devrait pénétrer dans la pièce et que je devrais remettre à leur place tous les objets que je serais amenée à déplacer. « Idéalement, conclut-il, on devrait avoir l'impression que la chambre s'est faite par magie. » Il sourit et se reprit : « Ou plutôt par miracle. »

Ainsi fus-je amenée à entrer chaque matin dans la chambre de Son Excellence. C'était une grande pièce aux murs blancs, sobrement meublée ; il y avait un bureau à cylindre, une commode, une armoire et deux lits jumeaux que séparait une table de chevet où se trouvait une lampe à l'abat-jour ouvragé. Je m'étonne aujourd'hui de n'avoir pas pris conscience de l'aspect insolite de cet arrangement : l'un des deux lits, à l'évidence, était de trop. Mais j'étais trop absorbée par ma mission pour me poser des questions – aurais-je trouvé là un bar ou un juke-box que je n'aurais pas été autrement surprise. L'étrangeté de la chose m'apparut tout de même au bout de quelques jours : pourquoi un serviteur de Dieu avait-il besoin de deux lits ? Je remarquai bientôt que Son Excellence se servait tantôt de l'un, tantôt de l'autre. Parfois, mais plus rarement, les deux étaient défaits. Fallait-il en conclure qu'il se levait la nuit pour changer de lit ? Je ne savais quoi penser. Peut-être souffrait-il du dos et trouvait-il un remède dans l'alternance de deux matelas ; peut-être aussi était-il insomniaque et, plutôt que de se retourner sans cesse dans un lit où le repos lui échappait, préférait-il carrément se coucher dans l'autre.

Le mystère des deux lits de Son Excellence, si dérisoire qu'il fût, devint pour moi un sujet d'amusement, qui me distrayait de la vie monotone de l'évêché. Un jour que je discutais avec Morel, je ne résistai pas à l'envie de l'interroger. Le regard qu'il me lança me fit regretter ma curiosité : on aurait dit que j'avais mis en doute le dogme de la Trinité. Il me renvoya d'un geste agacé. Penaude, je m'en fus en courant et m'appliquai à faire oublier mon insolence en travaillant d'arrache-pied jusqu'au soir.

Mon intérêt pour les deux lits de Son Excellence, on s'en doute, n'en diminua pas pour autant. Fallait-il enfin croire que mon maître ne passait pas ses nuits seul avec Dieu ? L'idée était scandaleuse et je m'efforçai de l'ôter de mon esprit. La curiosité fut néanmoins la plus forte ; je résolus finalement de rôder la nuit dans les couloirs afin d'y surprendre des mouvements qui pussent confirmer mes soupçons. Mes premières maraudes furent timides : je me contentai de longer les couloirs de l'aile des domestiques pour surveiller la cour par les fenêtres et vérifier qu'aucune voiture n'y pénétrait ; si l'on m'avait surprise, j'aurais expliqué que la soif m'avait réveillée et que j'avais été boire aux cuisines. Les jours passant, je m'enhardis et, de l'aile des domestiques, passai dans celle où dormait Son Excellence. À pas de loup, j'approchais chaque nuit davantage de sa chambre, bien consciente du risque ; une fois, je poussai l'audace jusqu'à coller mon oreille à la porte. Je me sentais honteuse, mais l'attirance qu'exerçait sur moi cette pièce était irrésistible. Je n'entendis hélas rien et, après quelques minutes, la peur l'emporta sur l'envie de percer le secret des nuits de mon maître – pour autant que secret il y eût, et que tout cela fût autre chose que le pauvre fruit de mon imagination. Je regagnai ma chambre en courant et restai une heure à écouter battre mon cœur sous les draps, en espérant que Teresa, qui respirait calmement auprès de moi, n'avait pas découvert mon manège.

Parallèlement aux expéditions nocturnes, je menais mon enquête durant le moment que je passais chaque matin dans la chambre de Son Excellence. Tout en faisant le lit (parfois les lits) ou en passant le balai, je cherchais des indices ; malgré les consignes de l'intendant, je jetais des regards indiscrets sur les papiers qui encombraient le petit bureau (on parlait du « petit bureau » par opposition au « grand bureau », expression qui désignait à la fois le cabinet de travail du rez-de-chaussée et sa gigantesque écritoire), lisais les titres des livres qui s'y trouvaient et les feuilletais en m'arrêtant aux pages qu'il avait cornées. Je me faisais l'effet d'une espionne infiltrée chez l'ennemi ; il y avait du jeu dans mon comportement, mais surtout une curiosité de bonne femme dont j'admets qu'elle ne m'honorait pas. Mes résultats furent de toute façon aussi piteux que ceux de mes surveillances nocturnes : il n'y avait dans la chambre de l'évêque que des livres pieux et des documents sans intérêt – les deux lits jumeaux restaient sa seule fantaisie, et je commençais de croire que j'échouerai à en découvrir l'explication.

*

Plusieurs événements étranges se produisirent alors, qui me confortèrent dans l'idée que tout n'était pas normal dans cette maison.

Le premier eut lieu un vendredi de février. Son Excellence avait quitté San Julián deux jours plus tôt pour se rendre à Buenos Aires, où il devait rester une semaine ; je l'avais aidé à remplir sa malle et avais assisté à son départ. Ce vendredi, donc, je me rendis à la buanderie pour y chercher des draps. Je traversais la cour lorsque je fus bousculée par un homme presque nu que je reconnus : c'était l'évêque. Il s'engouffra dans le bâtiment principal, me laissant à terre ; alertées par mes cris, des servantes accoururent qui m'aidèrent à me relever. Je leur expliquai que l'évêque m'avait jetée au sol ; elles ne me crurent pas. « Son Excellence est à Buenos Aires ; il te faudra trouver autre chose. » Et elles repartirent à leurs occupations en riant. J'étais pourtant certaine de n'avoir pas rêvé : c'était l'évêque qui m'avait bousculée, c'était lui que j'avais vu. Pourquoi n'était-il pas à Buenos Aires ? Avait-il fait dans la nuit les six cents kilomètres qui séparaient la capitale de San Julián, sans annoncer son retour ? Je ne le revis plus de toute la semaine ; il réapparut le vendredi suivant, prétendant rentrer de Buenos Aires, comme si de rien n'était.

Deux semaines plus tard, il s'entailla la main droite avec un coupe-papier. La blessure était profonde ; un médecin de San Julián vint la soigner et banda la main. Le lendemain, je croisai Son Excellence. Je lui demandai si sa plaie ne le faisait pas trop souffrir ; il parut troublé par ma question et contempla longuement sa paume, comme s'il n'était pas sûr que cette main fût bien la sienne. Je remarquai alors qu'il avait ôté son pansement, et que la plaie s'était refermée. Il me lança un regard inquiet, puis s'excusa et reprit son chemin.

Le lendemain, je le vis qui montait dans sa voiture ; sa main était bandée de nouveau.

Un nouvel incident eut lieu le mois suivant, plus inexplicable encore. Je voulus mettre de l'ordre dans un réduit qui jouxtait la chambre de Son Excellence. La porte en était verrouillée. L'intendant possédait dans son bureau les clefs de toutes les serrures de l'évêché ; je m'y rendis, pris le trousseau, remontai à l'étage, introduisis la clef dans la serrure et ouvris. Le spectacle qui s'offrit à moi lorsque j'actionnai l'interrupteur me glaça : l'évêque était là, debout, vêtu de l'une de ces bures grossières qu'il mettait lorsqu'il restait à l'évêché et n'avait aucun rendez-vous ; il était immobile et gardait les yeux clos, comme s'il dormait. Horriblement confuse, j'éteignis la lumière et refermai la porte ; il me fallut quelques instants pour rassembler mes esprits. Que faisait-il là, seul dans le noir ? Avait-il voulu s'isoler pour méditer ? Il aurait tout aussi bien pu tirer les rideaux de sa chambre pour y amener l'obscurité, ou s'enfermer dans le grand bureau et nous ordonner de faire silence ! Était-ce à dire qu'il se *cachait* ? Et de quoi ?

Je repartis à grands pas vers l'escalier. Arrivant au rez-de-chaussée, je crus défaillir : Son Excellence était là, dans le hall d'entrée, discutant avec l'intendant ; il ne portait pas sa bure mais un costume gris. Je dus m'agripper à la rampe pour ne pas tomber ; il s'aperçut de mon malaise et s'approcha en demandant si je me sentais bien. Des larmes perlèrent au coin de mes yeux, et je ne pus que répéter ces mots : « Vous êtes là-haut, Excellence – vous êtes là-haut. » L'intendant pensa que je délirais ; il posa la main sur mon front, déclara que j'étais fiévreuse et commanda qu'on me ramène à ma chambre. Mais l'évêque, lui, parut tout à fait saisi par mes paroles ; l'affabilité qu'exprimait son visage quelques instants plus tôt avait fait place à une sorte de confusion agacée. « Eh bien, Morel, occupez-vous de cela », lâcha-t-il avec un geste d'énervement. Et, tandis que l'intendant passait une main sous mon bras pour m'aider à marcher, il tourna les talons et s'en alla vers le grand bureau, dont il claqua la porte avec violence.

Morel m'accompagna jusqu'à ma chambre, me pria de m'allonger et, après avoir déplié sur moi une couverture, me conseilla de dormir. « Nous ferons venir le médecin demain si vous êtes encore faible, ajouta-t-il. Je vais faire dire aux cuisines qu'on vous apporte de quoi manger à l'heure du dîner. » Puis il s'en alla, laissant la porte entrouverte ; je m'endormis aussitôt.

Le soir venu, Teresa entra dans la chambre avec un plateau qu'elle posa au pied du lit. Je la remerciai, et elle répondit par un sourire – c'était, je crois, la première fois que je voyais ses lèvres se détacher l'une de l'autre. Plus incroyable encore, elle s'assit près de moi et parla. « L'évêque est deux, dit-elle, mais l'autre est comme mort. » Comme je lui demandai d'être plus claire, elle répéta : « L'autre est comme mort. » Puis elle se leva et sortit. Qu'avait-elle voulu dire ? Je cherchai à décrypter sa phrase en avalant le potage qu'on avait préparé pour moi, puis me recouchai et tâchai de me rendormir en imaginant Son Excellence sur son lit de mort, mains jointes, nu et pâle à la lueur des bougies ; il y avait sur un lit jumeau une réplique de sa dépouille. Les mots de Teresa tourbillonnèrent dans ma tête jusqu'à perdre leur sens.

*

Cette nuit-là, une main caressa mon épaule et me tira du sommeil. Je sursautai : éclairé par la lumière d'une lampe de poche, le visage de Son Excellence surgit dans l'obscurité. « Venez avec moi. J'ai à vous parler », dit-il. Me demandant si je ne rêvais pas, je repoussai les draps, me levai et passai mes chaussures sans les lacer. L'évêque était en robe de chambre, aussi ne craignis-je pas de lui apparaître dans mon vêtement de nuit. Je jetai un regard à Teresa ; elle était réveillée et me fixait d'un air tranquille, comme si la venue de Son Excellence, en pleine nuit, n'était pas pour la surprendre. Je suivis l'évêque dans les couloirs déserts ; nous passâmes de l'aile des domestiques au bâtiment principal, montâmes à l'étage et pénétrâmes dans sa chambre, où régnait l'obscurité.

Il referma la porte, donna un tour de clef, se retourna et braqua le faisceau de sa lampe vers l'un de ses lits. Il y était. Lui, l'évêque. Allongé, les yeux clos. Mon incompréhension était si totale que je n'eus même pas peur.

L'homme qui tenait la lampe était aussi celui que la lumière rendait visible : il y avait deux évêques dans la pièce, qui pourtant n'en formaient qu'un. Je songeai à des frères jumeaux, mais pressentis que c'était une explication trop simple ; elle ne s'accordait pour ainsi dire pas avec le climat étrange qui régnait sur l'évêché, bien que j'eusse été incapable de mettre en mots les sentiments qu'il m'inspirait. L'évêque éteignit sa lampe de poche et alluma un luminaire, qui projeta une faible lueur sur la pièce. Il restait silencieux, contemplant son corps sur le lit avec une sorte de tristesse désabusée. Après avoir laissé échapper un soupir, il s'assit sur l'autre lit, à moins d'un mètre de lui-même, les pieds dans la ruelle.

– Je ne pouvais vous le cacher plus longtemps, dit-il enfin.

– Qui est-ce ? répondis-je en désignant le corps inerte.

– Lui ? Mais c'est moi, voyons !

Face à mon silence consterné, il poursuivit.

– Pour me punir ou m'honorer, je ne sais, le Seigneur m'a donné deux corps plutôt qu'un seul : celui que j'habite en ce moment, par la voix duquel je vous parle, et celui que vous voyez allongé sur ce lit, *comme mort*, dans lequel peut-être je m'incarnerai demain.

– Demain ?

– Chaque nuit est un passage. Lorsque je me couche le soir, j'ignore dans lequel de mes corps je me réveillerai au matin. Parfois rien ne change, et je retrouve en me levant les douleurs dont je souffrais la veille. D'autres fois, mon âme transite : je dois redécouvrir alors le corps dans lequel j'habite, et vivre en lui jusqu'au soir.

– Voilà pourquoi vous possédez deux lits…

– Exactement. Lorsque mon autre corps est apparu, ma première réaction a été de le cacher. J'étais effrayé à l'idée qu'on me considère comme un monstre, vous pensez bien. Éloigner les corps l'un de l'autre était toutefois une mauvaise idée : si l'âme transitait, je me réveillais là où j'avais caché mon corps mort, loin de ma chambre à coucher, dans des endroits parfois incongrus. Il faut dire que je n'ai compris le mécanisme des passages qu'après plusieurs semaines. Me réveillant sans cesse dans des lieux où je ne m'étais pas couché, j'ai d'abord cru être devenu fou, puis j'ai saisi la manière dont tout cela fonctionnait. J'en ai conclu qu'il était capital de disposer de mes deux corps à proximité l'un de l'autre, c'est-à-dire de dormir dans la même chambre que moi-même.

Il se tut un instant puis ajouta, pensif :

– Dire que j'avais initialement envisagé de détruire l'autre corps ! Que serait devenue mon âme lorsqu'elle m'aurait quitté pour voler vers lui ?

Éberluée par ce que je voyais et entendais, je ne sus quoi dire. Il me fit asseoir puis continua son récit, pour lui-même plus que pour moi.

– Songez aux difficultés que présente le moindre déplacement dans l'état qui est le mien ! Il me faut emmener mon corps dans mes bagages, sans quoi je risque de revenir là où je me suis laissé. Vous imaginez-vous découvrir chez vous le corps inerte de l'invité qui, la veille au soir, parlait et riait en votre compagnie, puis apprendre après avoir fait renvoyer le cadavre par avion qu'il se porte finalement à merveille et a repris ses affaires à l'évêché ? C'est impossible, bien sûr. Il m'a pourtant fallu prendre le risque de partir sans mon corps – sans mon *autre* corps. C'est arrivé trois fois. Les deux premières, tout s'est bien passé.

– Et la troisième ?

– Buenos Aires, il y a un mois. Vous vous rappelez ? Je n'avais plus changé de corps depuis des semaines, et j'ai du coup jugé que le risque était limité. Quelle naïveté !

Vous connaissez le résultat, puisque vous m'avez vu : je me suis réveillé dans le corps que j'avais laissé ici et vous ai bousculée en sortant de la cave où je l'avais caché. Je me suis précipité dans ma chambre et me suis efforcé de me rendormir ; j'y ai fort heureusement réussi et, par miracle, je me suis réveillé une heure plus tard à Buenos Aires, dans le bon corps. Quelle histoire, n'est-ce pas ?

Il pouffa, comme si la malédiction dont il était victime l'amusait désormais plus qu'elle ne le torturait.

Fascinée, je laissais mon regard aller de l'évêque vivant à l'évêque mort, très étonnée – et, maintenant que la peur avait passé, presque enchantée – de savoir que demain le mort pourrait revivre et le vivant mourir. Je ne pus m'empêcher d'interroger Son Excellence sur les subtilités du mécanisme.

– Vos changements de corps…

– Dites « passages ». C'est ainsi que je les appelle.

– Vos passages se produisent-ils de manière hasardeuse, ou y a-t-il dans tout cela des régularités et des circonstances favorables ?

– J'y ai souvent réfléchi, et me suis échiné à comprendre ce qui poussait mon âme à changer de monture. J'ai d'abord cru que le Seigneur m'avait fait don d'un second corps pour soulager le premier lorsqu'il était fourbu, ou malade. Je me trompais. Vous rappelez-vous les fièvres que j'ai eues l'été dernier, et que l'on a mis trois semaines à soigner ? Chaque soir en m'endormant je priais pour me réveiller le lendemain dans mon autre corps, sain et dispos celui-là. Pensez-vous ! Mon âme est restée blottie au fond de son enveloppe débile et grelottante, et je me réveillais chaque matin plus souffrant que la veille. Quant aux régularités, j'ai pensé à tout. La température, le régime alimentaire, la boisson, l'humeur, la pression atmosphérique, la pratique de telle ou telle activité, rien n'explique les passages. Je ne puis que m'en remettre à la volonté du Seigneur, et croire qu'Il commande à mon âme de passer d'un corps à l'autre en fonction du vaste dessein qui est le Sien.

Il se tut. Les questions se précipitaient dans ma bouche.

– Les deux corps ne sont donc pas habités de manière équitable ?

– Un équilibre s'établit tout de même dans l'ensemble. Enfin, je crois. Peut-être y a-t-il une sorte de compensation à l'année, ou à la décennie. J'ai renoncé à savoir.

– Vieillissent-ils pareillement ?

– Oui. Le temps produit ses effets sur l'un comme sur l'autre, qu'ils soient habités ou non. Il m'arrive d'ailleurs, allant vérifier l'état du corps dans lequel je n'ai plus migré depuis quelque temps, de constater ma propre dégradation de manière infiniment plus nette que lorsque je contemple mon reflet dans un miroir. Se voir sous la forme d'une image et se voir sous la forme d'un corps, un corps que l'on peut toucher et manipuler, ce sont deux expériences tout à fait différentes, croyez-moi.

– Êtes-vous froid ? demandai-je.

– Je vous demande pardon ?

– Lorsque vous êtes mort.

– Ah. Pas exactement. C'est… Mais touchez vous-même, vous comprendrez.

Il m'invita à m'approcher du lit et à poser la main sur le front de son corps mort. Je m'y refusai d'abord, craignant que le contact d'un être qui n'existait pas fût dangereux – ou plus exactement qu'il fût odieux et malsain, ainsi que des caresses prodiguées à un macchabée véritable. La curiosité fut cependant la plus forte et je passai la pulpe des doigts sur le front, les joues et les lèvres de l'évêque inerte. La sensation était étrange : sa peau était tiède et, bien que son cœur ne battît pas, je n'eus pas

41

l'impression qu'il était mort. Il me parut en vérité mort et vivant tout à la fois, bien qu'aucun des deux mots ne correspondît à ce qu'il était vraiment. « Il est inhabité, tout simplement », affirma Son Excellence après que je lui eus décrit mon sentiment.

Nous discutâmes longtemps, moi l'interrogeant et l'écoutant, lui répondant et digressant. De longs silences interrompaient notre conversation, durant lesquels nos regards se promenaient sur le corps immobile de l'autre évêque – un corps où je voyais désormais moins la raison d'une peur ou d'une inquiétude qu'une source d'équanimité, presque d'apaisement : à mi-chemin entre la vie et la mort, perdu dans un non-lieu qui dépassait l'entendement, il semblait plongé dans le repos le plus parfait qui soit, puisqu'il n'y avait en lui plus d'âme pour l'agiter.

Comme je disais à Son Excellence qu'il me rappelait le docteur Jekyll, il rétorqua que son cas était plus simple que celui imaginé par Stevenson. « Henry Jekyll avait un corps pour chaque aspect de son âme, expliqua-t-il, tandis que je n'ai qu'une âme pour peupler mes deux corps, deux corps tout à fait identiques. Comme cela est banal, terne, sans richesse ! Jekyll avait son enveloppe, Hyde avait la sienne, chacune reflétait l'esprit qui l'habitait – noble et tourmentée pour l'un, obscure et perverse pour l'autre. Les deux personnages formaient un tout, ce que je ne suis précisément pas. Comprenez-vous ? Lorsque je regarde cette masse d'os et de chair en face de moi, je me fais l'effet d'un monstre inachevé, une création laissée en suspens par le Seigneur. Il n'est pas normal, il n'est pas naturel qu'une moitié de moi-même soit ainsi condamnée à l'inutilité ; on dirait qu'il manque une âme dans l'univers, et que le corps qui lui devait être affecté m'a été attribué par une sorte d'erreur administrative. J'ai quelque chose en trop, ou quelque chose en moins, je ne sais ; je suis un être imparfait qui n'est ni un ni deux, qui se tient au milieu du gué sans parvenir à gagner la berge. Jekyll et Hyde, eux, étaient un *et* deux. J'envie leur situation, car elle me semble atteindre à une forme de perfection à géométrie variable, magnifique et mystérieuse. Il n'y a chez moi aucun mystère, et mon deuxième corps ne m'aide en rien à libérer ma part cachée. Il traîne simplement à mes côtés comme un organe surnuméraire et inutile, un organe que les caprices du destin mettent en branle de temps à autre, lorsque mon âme se décide à transiter vers lui pour y séjourner un peu. »

*

Je ne pus trouver le sommeil lorsque j'eus regagné ma chambre cette nuit-là, et me retournai dans mes draps jusqu'à l'heure du lever. Comme tous les matins, je fis la chambre de Son Excellence : il n'avait pas pris la peine de cacher le corps qu'il n'habitait pas, et ne la prendrait plus jamais.

Le sujet ne fut plus évoqué. L'évêque souhaitait que son double corps devînt un élément anodin dans mon quotidien, et que je fasse comme si la chose avait été aussi banale qu'un rhumatisme ou une douleur aux dents. En parler à voix haute eût été déplacé, impoli ; comme Morel l'intendant, comme Teresa la cuisinière (dont je me demandais comment elle l'avait appris, elle qui n'avait jamais eu l'occasion d'entrer dans l'intimité de Son Excellence), je m'efforçais de faire comme si rien de tout cela n'était extraordinaire : nous avons tous de petits fardeaux à supporter, et celui de l'évêque de San Julián était un corps en trop avec lequel il lui fallait composer.

J'ai quitté l'évêché en 1945, juste après que l'armistice eut été signé, et suis partie vivre à Montevideo. J'écrivis chaque année à l'évêque pour Noël et pour Pâques, car il m'avait demandé de lui donner de mes nouvelles. En 1952, je rompis le silence que j'avais jusqu'alors observé au sujet de ses corps et recopiai dans ma lettre une phrase des *Métamorphoses* d'Ovide : « L'âme est toujours elle-même, quoiqu'elle émigre dans des figures diverses. » J'espérai qu'il ne m'en voudrait pas et qu'il prendrait cette citation pour ce qu'elle était : un signe de sympathie et, peut-être, une tentative de réconfort. Il me répondit qu'elle ne lui était pas inconnue et qu'il avait apprécié la retrouver sous ma plume. « Vous ne m'oubliez pas, et n'oubliez pas non plus mon secret ; pour cela je vous remercie. » Ce n'est que le lendemain, en relisant sa lettre, que j'eus la curiosité de retourner le feuillet et découvris son post-scriptum : « Un troisième corps m'est apparu voici huit semaines, et ma vie s'est compliquée davantage. Combien d'autres naîtront avant que je connaisse enfin le repos ? »

Qui habet aures...

Le 15 mars 1965, à six heures du soir, Renouvier entendit une conversation entre le directeur et le sous-directeur de la succursale bancaire qui l'employait depuis quatorze ans.

Le directeur : Ce Renouvier, dites-moi, me semble mettre de moins en moins d'ardeur à la tâche.

Le sous-directeur : Ah, Monsieur, j'avoue avoir du mal avec lui ces derniers temps.

Le directeur : Il faudra me le secouer, je vous préviens.

Le sous-directeur : Je n'y manquerai pas, Monsieur.

Le directeur : Où en est-il, dans le dossier de la SCMN ?

Le sous-directeur *(plaintif)* : Il n'a guère avancé, hélas. Je le lui ai réclamé trois fois cette semaine.

Le directeur : Ça ne peut plus continuer. Il retarde tout le service.

Le sous-directeur : C'est ce que je lui ai dit, Monsieur. Promptitude et ponctualité, je le lui répète à longueur de journée.

Le directeur *(voix ferme)* : Je veux trouver le dossier bouclé sur mon bureau demain, c'est entendu ?

Le sous-directeur : Vous êtes en déplacement à Beauvais, demain, Monsieur.

Le directeur : Ah, oui. Disons donc après-demain, à la première heure. Il aura encore moins d'excuses pour ne pas avoir terminé à temps. Et s'il continue de tirer au flanc, je lui passerai un savon moi-même.

Le sous-directeur : Et moi, je lui serrerai la vis dès demain matin. Il ne l'oubliera pas de sitôt.

Le directeur *(soupirant)* : Dieu vous entende.

Renouvier cria d'abord au scandale. Si le dossier de la SCMN était en retard, ce n'était pas par sa faute à lui, mais à cause du sous-directeur, dont il avait attendu plus d'un mois qu'il signe ses demandes et les lui renvoie. L'accuser à sa place, voilà qui ne manquait pas de culot ! Mais Renouvier aurait sans doute fulminé davantage s'il n'avait pas pris tout à coup conscience que la conversation lui était venue aux oreilles alors qu'il lisait son journal à la table de sa cuisine, chez lui, à cinq kilomètres de la banque, là où elle avait eu lieu.

*

Le lendemain, Renouvier se présenta au sous-directeur et, d'un ton poli mais ferme, lui rappela qu'il attendait toujours les documents relatifs au dossier de la SCMN, lequel commençait à prendre du retard. Il ajouta, « sauf votre respect, Monsieur », que cela ne lui semblait pas conforme aux règles qu'il entendait observer dans l'exercice de sa profession, à commencer par ces deux mamelles du travail bien fait que sont la promptitude et la ponctualité. Sans compter que Monsieur le directeur pourrait prendre ombrage de ce retard, et qu'il serait politique de lui présenter le dossier ficelé aussi tôt que possible.

Estomaqué, le sous-directeur bredouilla quelques mots d'acquiescement et promit à Renouvier de lui apporter les documents dans la matinée. Satisfait, Renouvier retourna à son bureau et se plongea dans son travail. Le sous-directeur tint parole et, vers midi, Renouvier put déposer au secrétariat du directeur le dossier de la SCMN dûment complété, avec un billet manuscrit dans lequel il lui présentait ses respects.

Il était un peu plus de treize heures lorsque Renouvier, qui déjeunait comme chaque jour dans un restaurant à deux pas de la banque, connut sa deuxième épiphanie. Il entendit cette fois-ci sa mère, qui discutait avec une amie.

La mère : Penses-tu ! Il ne m'a pas appelée depuis des semaines.

L'amie : Quand je songe aux sacrifices que tu as faits pour lui, ça me rend bien triste.

La mère : Que veux-tu. Les enfants sont ainsi.

L'amie : Pas tous. Celui de ma voisine, par exemple, rapplique chaque samedi chez sa mère avec un gâteau dans une main et des fleurs dans l'autre. Il déjeune avec elle, la promène dans tout le village et ne repart qu'au soir. Mais il est vrai qu'il n'a pas de bonne amie.

La mère : Je n'en demande pas tant à Édouard, mais s'il pouvait appeler sa pauvre mère une fois de temps en temps, cela me ferait tout de même plaisir.

Sidéré, Renouvier regarda partout autour de lui : sa mère n'était bien évidemment pas là. Il passa la main sous la table pour vérifier qu'un farceur n'y avait pas collé de haut-parleur, mais ne trouva rien. L'appétit coupé, il abandonna son assiette, demanda l'addition et sortit du restaurant en se demandant s'il n'était pas en train de devenir fou.

Durant tout l'après-midi, il travailla comme un forcené pour ne plus penser à ces étranges illusions auditives. Vers dix-neuf heures, il referma ses dossiers et rentra chez lui ; après son bain, il prit son téléphone et composa le numéro de sa mère, qui vivait à cent kilomètres de là.

« Ah ! fit-elle. Mon fils ! Figure-toi que je parlais juste-ment de toi à ma vieille amie Lucie tout à l'heure. »

*

Renouvier connut deux autres crises avant de s'en remettre à la médecine. Lors de la première, qui ne dura que quelques instants, il entendit un collègue plaisanter méchamment sur son compte. Il se promit de saboter son travail dès le lendemain. Lors de la seconde, deux amis qu'il n'avait plus vus depuis des mois s'interrogeaient sur l'opportunité de l'inviter à dîner. Ils y renoncèrent, ce qui l'attrista.

Comme il ignorait si son cas relevait de l'oto-rhino-laryngologie ou de la psychiatrie, Renouvier prit simple-ment rendez-vous chez un généraliste. Celui-ci demeura perplexe lorsqu'il lui exposa la nature de ses troubles.

– En somme, vous souffrez d'hallucinations ?

Renouvier réfléchit un instant.

– Ce ne sont pas des hallucinations à proprement par-ler, répondit-il, car les conversations que j'entends ne sont pas le fruit de mon invention. Je parlerais plutôt de *capta-tions auditives*, voyez-vous ?

– Comme un poste de radio ?

– Exactement. Mais je ne capte que les émissions qui parlent de moi.

Se sentant impuissant, le médecin envoya Renouvier chez un éminent spécialiste. Celui-ci se déclara passionné par son cas et programma une longue série d'examens afin d'en savoir plus. Lorsque Renouvier lui demanda s'il présentait un danger pour lui-même ou pour son entourage, le docteur répondit par la négative et affirma qu'il pouvait mener une vie normale jusqu'à plus ample informé. Soulagé, Renouvier le remercia avec chaleur.

Dans le bus qui le ramenait chez lui, il entendit le directeur prier le sous-directeur de lui transmettre ses félicitations pour le dossier de la SCMN, puis suivit avec attention les retrouvailles de deux anciens camarades d'internat qui venaient de se rencontrer par hasard à huit cents kilomètres de là et évoquaient le passé en général et leur ancien ami Renouvier en particulier – en bien, ce qui le flatta.

*

Au cours des semaines qui suivirent, Renouvier prit beaucoup d'amusement à employer son nouveau don. Il fit d'abord le tri parmi ses relations, dont il entendait toutes les conversations à son sujet. Dans un carnet, il traça deux colonnes, notant à gauche les noms de ceux qu'il entendait parler de lui en bien, à droite les autres. Il y eut des pressentiments confirmés, des préjugés démentis et quelques mauvaises surprises. La colonne de droite grossit plus vite que celle de gauche, et Renouvier songea avec amertume que ses crises auraient au moins eu l'avantage de le renseigner sur la nature humaine.

Capter les conversations de ses semblables lui permit également de devancer leurs désirs et de répondre préventivement à toutes leurs récriminations. À une tante qui se plaignait qu'il n'écrive jamais, il envoya une longue lettre dans laquelle il la priait de lui pardonner son silence et lui promettait de donner plus souvent des nouvelles à l'avenir. Les amis qui remarquaient qu'il était plus souvent invité à leur table qu'eux à la sienne eurent droit à un fastueux dîner pour leur faire regretter d'avoir mis en doute sa générosité. À ceux qu'il avait offensés sans s'en rendre compte, il envoyait des fleurs et une carte, disait qu'il s'en voulait, se confondait en excuses ; on s'étonnait de sa lucidité, on le trouvait fin psychologue, très gentleman. À quelqu'un qu'il avait entendu parler de son arrogance, il confia d'un air désolé : « Je sais que tu me trouves arrogant, et j'ignore ce que j'ai fait pour cela ; sache que tu me peines, et que j'aimerais beaucoup te persuader du contraire. » Et l'autre, penaud, rougissait en se demandant comment il avait pu être percé à jour.

Lorsqu'une femme rencontrée par hasard dans une soirée disait à une amie qu'elle l'avait jugé charmant, il s'efforçait de trouver son nom et comment la joindre, jurait qu'il n'avait cessé de penser à elle depuis leur rencontre et insistait pour la revoir.

Un collègue parla de lui à son épouse, disant combien il était brave homme mais regrettant qu'il ne connût pas tel opéra, tel romancier ni tel philosophe. La semaine suivante, Renouvier l'appelait, proposait qu'ils dînent ensemble et lui disait entre la poire et le fromage qu'il venait de relire les œuvres complètes du romancier en question, qu'elles valaient finalement mieux que ce qu'il en avait pensé la première fois qu'il les avait lues, vers l'âge de seize ans, après avoir écrit une critique en deux tomes du système de tel ou tel autre philosophe. Le collègue, stupéfait, ne manquait bien sûr pas de dire ensuite à sa femme combien il s'était mépris sur son compte ; et Renouvier, jubilant, l'écoutait faire son éloge et vanter son immense culture.

Parfois il regrettait que ses capacités de captation soient limitées, se disant qu'il serait plus commode et plus sûr de savoir lire directement les pensées des autres, sans attendre qu'ils les livrent à haute et intelligible voix. Les gens ne disent d'ailleurs pas toujours ce qu'ils pensent et ne pensent pas toujours ce qu'ils disent ; la captation auditive n'était donc pas parfaite, et Renouvier se sentait frustré lorsqu'il songeait qu'il n'avait accès qu'à la surface des sentiments de ses contemporains, et non au fond véritable de leur âme. Il avait peur de ne pas savoir démêler leurs mensonges de leurs vérités, et de se méprendre sur ce qu'il entendait. Comment savoir si quelqu'un plaisante, lorsqu'on n'a pas le contexte de la conversation ? Et si cet ami médisant de lui se contentait en fait d'abonder sans y croire dans le sens de son interlocuteur pour lui être agréable ? Comment savoir si celui-là est sincère, si cet autre ne l'est pas ? Ces questions plongeaient Renouvier dans des abîmes de perplexité, lui torturant l'esprit au point qu'il en venait à maudire son don. Après quoi il se calmait et se disait que, tout bien pesé, ses imperfections étaient peu de chose au regard des avantages qu'il lui procurait, et que regretter qu'il ne fût pas infaillible équivalait à se plaindre de n'avoir pas tout l'or du monde alors qu'on en possède déjà la moitié.

Quant aux désagréments qu'occasionnaient ses crises, Renouvier s'en accommoda assez facilement. Au début, il lui arrivait d'être réveillé la nuit par des conversations tenues à des kilomètres de son lit, et qu'il entendait aussi clairement que si elles venaient d'à côté. Comme il avait remarqué que les sons qu'il entendait faisaient bel et bien vibrer ses tympans et qu'ils n'étaient donc pas hallucinatoires, il se mettait des bouchons de cire au creux des oreilles et dormait aussi tranquillement qu'auparavant.

Il arrivait aussi qu'on parle de lui en deux endroits en même temps. Les deux conversations se couvraient alors l'une l'autre, faisant qu'il n'y comprenait plus rien. Il regrettait que le monde ne fût pas mieux organisé, et se disait que les gens pourraient s'arranger pour ne pas parler de lui simultanément ; mais il était en même temps ravi d'occuper l'attention de tant de personnes à la fois, songeant que, s'il avait été célèbre, on parlerait si souvent de lui à travers le monde que sa vie serait un enfer auditif.

Quant aux examens prescrits par le spécialiste, ils ne donnèrent aucun résultat.

*

Un an s'était passé depuis qu'il avait découvert son don lorsque Renouvier capta la voix d'une jeune fille qu'il ne connaissait pas, en conversation avec une amie :

La jeune fille : Mon estomac se noue chaque fois que je le vois. Je me sens si confuse que je suis obligée de baisser le regard.

L'amie *(moqueuse)* : Eh bien, te voilà dans un bel état.

La jeune fille *(sanglotant)* : Jamais je n'ai éprouvé pareil trouble. Je crois que je l'aime.

L'amie : Ça m'en a tout l'air !

La jeune fille : Ce qui m'ennuie, c'est que je n'aurai jamais le courage de lui dire mon inclination. Comment faire ?

L'amie *(rassurante)* : Si tes joues rougissent à ce point lorsque tu es en sa présence, il finira bien par s'en rendre compte.

La captation cessa là – heureusement d'ailleurs, car le cœur de Renouvier battait si fort qu'il n'en aurait pas supporté davantage. On n'avait certes pas cité son nom, mais il n'avait jamais entendu de conversations qui ne le concernaient pas ; aussi la jeune fille ne pouvait-elle être amoureuse que de lui. Qui était-elle ? Extrêmement perturbé, il passa le reste de la journée à s'interroger sur l'identité de cette admiratrice anonyme, mais, au moment de se coucher, il ne l'avait pas encore trouvée. Il dormit mal.

La jeune inconnue se fit à nouveau entendre le lendemain, à l'heure du dîner. « Non, je ne l'ai pas vu aujourd'hui, disait-elle. Mais je n'ai cessé de penser à lui ; je ne mange presque plus, et on m'a fait remarquer que j'étais fort distraite. » Interdit, Renouvier lâcha sa fourchette ; savoir qu'il était secrètement aimé le transportait aussi puissamment que s'il avait été amoureux lui-même. Qui était cette femme ? Le timbre de sa voix était profondément gravé dans son cerveau. Il pouvait se repasser en boucle chacun des mots qu'elle avait dits, mais il ne parvenait toujours pas à savoir de qui ils étaient.

Deux heures plus tard, alors qu'il lisait dans son lit, il entendit son amoureuse qui depuis le sien s'adressait à lui : « Bonne nuit, mon cher. J'espère avoir bientôt le courage de te dire combien je t'aime ; comme il me serait plus facile que tu t'en aperçoives sans que j'aie besoin de dire un seul mot ! » Bouleversé, Renouvier abandonna son livre et alla s'asperger le visage au-dessus du lavabo pour calmer ses palpitations. Il lui fallait absolument découvrir qui était cette inconnue qui nourrissait pour lui des sentiments si tendres. Qu'elle pût ne pas lui plaire ne lui effleura même pas l'esprit ; sa voix claire l'en rendait déjà plus ou moins amoureux, et il se représentait une jeune fille au visage d'ange comme celles dont il peuplait ses rêveries galantes lorsqu'il ne trouvait pas le sommeil.

Les jours suivants, Renouvier se tint à l'affût et observa attentivement les femmes qu'il croisait en espérant repérer chez elles les joues empourprées ou le regard révélateur qui trahiraient sa promise. Comme il ne savait pas dans quelles circonstances son amante et lui se rencontreraient, il était aux aguets partout. Dans le bus, il ne cessait de se retourner, dévisageant longuement chaque passagère – il soupçonna même la conductrice, à laquelle il demanda un horaire pour entendre sa voix. Au travail, tous les prétextes étaient bons pour aller de bureau en bureau et tenter d'identifier sa soupirante. Il écoutait les serveuses au restaurant, interrogeait les vendeuses dans les magasins, s'efforçait d'engager de brèves conversations avec toutes les femmes qu'il rencontrait, mais repartait chaque fois bredouille. C'était à se pendre : une femme l'aimait à la folie, et lui ne la trouvait pas. À chaque nouvelle crise, son cœur se mettait à battre ; mais sitôt qu'il constatait que ce n'était pas elle, il était déçu, se disait que la conversation n'aurait pas d'intérêt, n'écoutait plus. Quant à elle, elle s'ouvrait régulièrement de sa passion à son amie :

La jeune fille : Il me rend folle, j'ai l'impression de ne plus vivre.

L'amie : Il ne s'est donc aperçu de rien ?

La jeune fille *(très triste)* : J'en ai peur. Je l'ai encore croisé aujourd'hui, mais il semble ne pas me remarquer. C'est comme si j'étais transparente.

Et Renouvier, ivre de rage, se repassait le film de sa journée en se demandant quand il avait bien pu la croiser, songeant au bonheur perdu, faute de l'avoir reconnue.

Habité par cette voix qu'il entendait tous les jours, persuadé qu'une puissance occulte complotait pour l'empêcher de rencontrer sa bien-aimée, Renouvier perdait la raison. Il songeait que, les paroles de sa belle parvenant jusqu'à lui, les siennes peut-être, en y mettant de la conviction, parviendraient jusqu'à elle ; seul dans sa chambre, il lui répétait jusqu'à l'aube qu'il répondait à son amour, lui promettait une félicité éternelle et lui donnait des rendez-vous le lendemain. Mais aucune réponse ne venait. « Sans doute dort-elle, se disait-il, elle ne m'entend pas. » Et il recommençait le jour d'après.

Un jour, il crut l'avoir enfin trouvée : à la banque, une employée de vingt ans sa cadette l'avait regardé d'une drôle de manière. Il n'attendit pas et se jeta à ses genoux en tentant d'embrasser ses mollets. Elle poussa un cri qui alerta tout l'étage ; Renouvier dut s'excuser publiquement. Honteux, il mit son geste sur le compte d'une folie passagère et obtint deux mois de congé pour surmenage. Le soir même, il l'entendit qui se plaignait encore. « Il ne me voit pas, je n'existe pas pour lui. Tu n'imagines pas comme j'en souffre ! »

*

Renouvier craignait par-dessus tout que la jeune fille, lassée par son indifférence, se fasse une raison et décide de l'oublier. Toutes les nuits, il attendait religieusement le bonsoir qu'elle avait pris l'habitude de lui adresser avant de s'endormir, tremblant qu'elle cessât de le faire, signe que sa passion se serait affaiblie. Heureusement, c'était le contraire qui se produisait : chaque soir ses déclarations étaient plus exaltées. Renouvier la sentait plus folle de lui que jamais. Il lui en coûtait de la savoir si malheureuse, mais au moins avait-il l'assurance qu'elle restait éprise de lui. La partie n'était donc pas perdue. Il s'habitua d'ailleurs à la situation et, peu à peu, mit moins de frénésie dans ses recherches. Se savoir aimé lui suffisait presque et, sans se l'avouer, il n'était pas loin de songer que cette idylle à distance, à défaut d'être physique, présentait des avantages. Quand il l'entendait lui parler d'amour dans le vide, Renouvier, satisfait de la place qu'il occupait dans sa vie sans qu'elle envahisse la sienne, se réjouissait d'apprendre qu'elle en perdait le sommeil et l'appétit. Le jour où elle dit à sa confidente qu'elle se sentait désespérée au point de vouloir en finir, il en éprouva même un peu de fierté.

*

Cela dura six mois encore. Puis, une nuit, Renouvier fut réveillé par une très puissante détonation, comme un coup de feu. Son réflexe fut de penser qu'une explosion de gaz avait pulvérisé l'immeuble et que son appartement était en flammes ; tout lui parut cependant normal lorsqu'il alluma la lampe de chevet, et il trouva même qu'il régnait dans l'immeuble et au-dehors un calme inhabituel.

Il comprit le lendemain seulement que le coup de feu n'avait pas retenti à son oreille à lui mais sur sa tempe à elle, et que probablement elle était morte. Par une ironie sinistre, le bruit l'avait rendu sourd ; sa belle avait repris son don à Renouvier avant de disparaître dans la nuit, et lui n'entendrait plus jamais rien.

Quelques écrivains, tous morts

J'ai découvert grâce à Pierre Gould un grand nombre d'écrivains méconnus, littérateurs de l'ombre ignorés par les faiseurs d'anthologies. Pierre a toujours eu une inclination particulière pour les auteurs de second rang, les discrets, les excentriques, les petits maîtres, les oubliés, les disciples d'un autre, les héritiers d'une école passée de mode, les provinciaux, les exilés, les amateurs éclairés, ceux qui ont échoué à faire date et ceux qui s'en sont fichus, les inactuels, les farfelus, les modestes, tous ceux que l'on trouve en écartant dans les bibliothèques les monuments qui les cachent. La plupart n'ont pas de génie ; quelques-uns en ont davantage que certaines célébrités à qui la postérité a fait un sort immérité. Tous sont morts. Voici mes préférés.

Enzo Tranastani (1890-1939) : cet italien a publié dix livres dont la particularité est qu'ils portent tous un titre d'œuvre musicale. Sa première nouvelle, parue en 1911 dans une revue milanaise, s'intitulait *Quatuor à cordes n° 1* ; il écrivit ensuite *Sonate pour piano en* mi *majeur*, *Symphonie n° 1*, *Symphonie n° 2*, *Messe en* si, *Quatuor à cordes n° 2*, *Œuvres pour deux pianos*, *Concerto pour violon*, *Œuvres pour piano et violoncelle* et *Symphonie n° 3*. « On ne me lit pas, disait-il : on me joue. »

Adolphe Morceau (1855-1940) : membre éphémère du groupe des Hydropathes, où il a côtoyé Charles Cros et Alphonse Allais, ce spécialiste du texte court n'a jamais pu se résoudre à travailler sur du papier, comme tout le monde. Toutes ses nouvelles (on ignore combien il en imagina, car beaucoup ont été perdues) ont été écrites sur des supports choisis pour leur rapport avec l'intrigue. *Mort d'un piéton* a ainsi été rédigé sur une chaussure en cuir de pointure 46, *L'Amateur de chocolat* gravé sur le manche d'une fourchette à dessert, *En route vers l'Ouest* peint sur un panneau indicateur volé à la sortie de Paris et *Jeu, set et match* pyrogravé sur le cadre d'une raquette en bois. Pierre possède l'une de ses œuvres, *Quatrain du temps qui passe*, sculpté au poinçon au dos d'une montre à gousset. Émigré en Amérique à la fin des années 1920, Morceau aurait été frappé par la folie des grandeurs et aurait commencé de peindre un roman de guerre sur la carlingue d'un bombardier bimoteur – tentative inaboutie, pour ce que l'on en sait.

Malcolm et Clarence Galtho (1884-1945 et 1884-1955) : ces deux jumeaux anglais, issus d'une famille nombreuse où tout le monde a peu ou prou eu affaire à la littérature, écrivirent ensemble une série de livres aujourd'hui oubliés, mais qui connurent en leur temps un certain succès. Leur façon d'écrire fascinait les critiques car ils faisaient tout en commun, de sorte qu'il était impossible de départager dans leurs livres ce qui venait de Clarence et ce qui venait de Malcolm. Pierre connaît par cœur plusieurs des poèmes de leur recueil *Adieu aux Galles du Nord*, et nous les récite souvent sans se préoccuper du fait que nous autres qui n'entendons pas l'anglais n'y comprenons rien.

Pierre-Alexandre Skovski (1919-1940) : né d'un père russe et d'une mère suisse, ce garçon fut un modèle de précocité dans tous les domaines. À neuf ans, il fugue et erre quatre mois sur les routes d'Europe avant que les gendarmes l'arrêtent et le ramènent au domicile familial. À treize ans, il spécule en Bourse, gagne une fortune et achète vingt hectares de vignes que le phylloxéra ravage aussitôt. À quinze ans, il a deux fils : le premier meurt à la naissance en même temps que sa mère, le second, né d'une dame du monde quasi ménopausée, naît idiot et dépourvu du bras gauche. À seize ans, il écrit son autobiographie, *Un jeune homme pressé*. De dix-sept à dix-neuf ans, il rédige six romans dont deux en russe, se marie, divorce, passe six mois en prison pour escroquerie, se convertit au catholicisme et perd un œil dans un accident de cheval. À vingt ans, il brûle tous ses manuscrits, les récrit et les rebrûle – seule la deuxième version d'*Un jeune homme pressé* en réchappe. Un an plus tard, il se tire une balle dans la tête après avoir griffonné ces mots sur un coin de table : « J'ai bien vécu ; je deviens vieux. Je pars. »

Francisco Martinez Y Diaz (1930-1981) : cet ancien militaire espagnol commença d'écrire lorsqu'il fut en retraite. Il était très lent et n'acheva qu'un livre, *Histoires lues dans un miroir*, qui rassemble une douzaine d'histoires merveilleuses à la manière de Lewis Carroll. « Ce ne sont pas des chefs-d'œuvre, explique Pierre Gould, mais je les aime beaucoup. Surtout, je suis admiratif devant la condition qu'il est parvenu à imposer à son éditeur : tous les exemplaires de son livre ont été imprimés à l'envers et vendus avec un petit miroir fixé dans la jaquette. Pour le lire, il faut faire se refléter les mots dans le miroir, ainsi que le promet le titre. Je possède un exemplaire de cette rareté, mais le miroir en est fêlé. »

Nicolas Sambin, dit « Colin » (1910-1986) : Pierre se vante souvent d'être l'un des rares à connaître cet Auvergnat qui, explique-t-il en levant l'index pour réclamer l'attention de l'assistance, fut le véritable auteur de *Jardins habités*, le roman publié en 1964 par Henri Quesnel. « Il a été son nègre ! Parfaitement ! Quesnel n'a pas écrit *un mot* de ce livre ! » Face au silence perplexe des témoins de sa révélation, Pierre se rassied et constate à voix basse : « Évidemment, ce serait plus intéressant si Quesnel était connu. »

Marcelin Échard (seconde moitié du XXᵉ siècle) : cet ancien chef magasinier à la Bibliothèque centrale du XVIIIᵉ arrondissement passa les quinze dernières années de sa vie à tenter de prouver qu'Adolf Hitler n'était pas mort. Il publia un fascicule intitulé *Bibliographie critique des sources relatives à la mort d'Adolf Hitler dans son bunker le 30 avril 1945*, dans lequel sont examinés tous les documents disponibles en français sur la mort du Führer, documents dont il démontre qu'ils ne démontrent rien. Échard se proposait d'accomplir la même tâche pour les documents en anglais (États-Unis compris), russe, allemand ou italien dans d'autres fascicules qui n'ont jamais paru. Georges Perec évoque son cas aux chapitres XLI et XCI de *La Vie mode d'emploi*, et je ne serais pas étonné d'apprendre que Pierre Gould et lui en ont souvent parlé.

Benoît Sidonie (1915-1958) : ami d'André Breton, avec qui il faillit cosigner un livre, ce professeur d'italien écrivit dans les années 1940 une demi-douzaine de récits pornographiques si scabreux que, à l'en croire, lui-même vomissait à chaque nouvelle lecture. Par peur des tribunaux, il préféra ne pas les publier et n'en montra les manuscrits qu'à quelques amis au cœur bien accroché, parmi lesquels un graveur qui voulut les illustrer avant d'y renoncer, dégoûté. À la fin de sa vie, Sidonie détruisit ses cahiers, ne conservant qu'un petit roman jugé moins abject que le reste mais qui, à en juger par les passages que Pierre nous a lus, est tout de même profondément écœurant.

Pierre Laroche de Méricourt (1918-1956) : parfait dandy, ce fils de bonne famille publia à trente ans un recueil d'aphorismes sardoniques et un roman intitulé *Marées noires*. Poseur et cynique, il prétendait avoir été las de la vie avant même que d'avoir vécu. « Mon premier cri ? Il n'y en a pas eu. J'ai bâillé, c'est tout. »

Bertrand Sombrelieu (1915-1984) : héritier d'une grande fortune, ce natif de Cornimont (Vosges) put ne jamais travailler et consacra sa vie aux voyages et à ses plaisirs. Il n'avait pas le don des lettres, mais aimait fréquenter les écrivains ; Jacques Prévert et Robert Kanters furent ses amis. Entre 1940 et 1962, il rédigea une série d'« homonymographies » : c'étaient des biographies d'homonymes de gens célèbres, qu'il faisait imprimer à ses frais et mettait en dépôt chez les libraires en ricanant à l'idée des lecteurs qu'il allait tromper. On lui doit ainsi une *Vie de Théophile Gautier*, cordonnier à Lattes, dans l'Hérault ; une *Vie de Cambronne*, représentant de commerce dans le Doubs ; des *Commentaires sur la vie de Rancé*, que beaucoup prirent pour une exégèse du livre de Chateaubriand mais qui rassemble en réalité deux cents aphorismes sur la vie de Maurice Rancé, petit industriel du Haut-Rhin ; une *Vie de Lénine* consacrée à Clément Lénine, employé des chemins de fer belges et membre du Parti communiste à la section de Liège. En 1959, il publie deux livres jumeaux : *Le Maréchal Joffre* est une plaquette sur le maréchal-ferrant Claude Joffre, né en 1802 et mort en 1850 à Compiègne, *Le Président Poincaré* raconte la vie de Matthieu Poincaré, président du syndicat d'initiative de Cornimont entre 1949 et 1956. Son dernier livre paraît en 1975 : *Bertrand Sombrelieu par Bertrand Sombrelieu* n'est pas une autobiographie mais le récit de la vie de son homonyme, Bertrand Sombrelieu, propriétaire dans les Pyrénées d'un petit hôtel où notre homme allait souvent passer le mois de juillet.

Quiproquopolis
(Comment parlent les Yapous)

C'est lors de mon troisième séjour en Amazonie que j'ai résolu l'énigme de la langue des Yapous. Je n'y croyais plus, et m'apprêtais à grossir la liste de ceux qui s'y sont cassé les dents depuis des décennies. Les Yapous sont devenus une sorte de légende parmi les ethnologues et les linguistes, un peu comme le théorème de Fermat l'a été chez les mathématiciens avant qu'un garçon plus doué que les autres ne parvienne à le reconstituer. Et encore la comparaison n'est-elle pas tout à fait juste : s'il n'a jamais été douteux que Fermat avait bel et bien démontré son théorème, de sorte qu'il était possible pour un homme aussi brillant que lui d'y parvenir de nouveau, beaucoup ont mis en question le fait que le yapou soit vraiment compréhensible. Ainsi Wilhelm Groos, le grand linguiste hollandais, a-t-il écrit dans l'un de ses livres que les spécificités de cette langue la rendent incompatible avec les règles communes à toutes les autres langues, en sorte que les Yapous sont, de ce point de vue en tout cas, une race distincte du reste de l'humanité. Pessimiste, Groos ajoutait que cela rendait improbable la possibilité pour nous autres Occidentaux, ainsi d'ailleurs que pour n'importe qui, d'en vaincre l'hermétisme. L'ethnologue américaine Margaret Marker, qui s'est rendue à six reprises chez les Yapous entre 1965 et 1974, aboutit à une conclusion plus radicale encore : d'après elle, *personne* ne peut comprendre la langue des Yapous, pour la bonne et simple raison qu'il n'y a là-dedans rien à comprendre – et ce dans la mesure où les Yapous sont, à la lettre, des aliénés. « Lorsqu'on les analyse à fond, écrit-elle au dernier chapitre de son livre *Parler avec les Indiens*, on se rend compte que les phrases prononcées par les Yapous contiennent toujours une ou plusieurs absurdités qui les privent de sens. Il faut donc se rendre à l'évidence, quels que soient les problèmes théoriques qu'entraîne par ailleurs cette affirmation : la plupart du temps et en toutes circonstances, les Yapous disent n'importe quoi. Cette tribu est folle, individuellement et collectivement. »

Il était bien sûr téméraire de ma part de prétendre venir à bout de l'énigme du yapou. Qui étais-je, moi, jeune universitaire inconnu, pour réussir là où mes maîtres avaient échoué ? Mon obstination à m'occuper des Yapous a toujours suscité les sarcasmes de mes collègues, qui estimaient que je perdais mon temps. J'avais mieux à faire, disaient-ils, que d'essayer de comprendre une langue dont il avait été dit en haut lieu et une fois pour toutes qu'elle était incompréhensible – opinion à laquelle ils s'étaient spontanément rangés sans prendre la peine de se pencher sur le problème. Dans ces conditions, il m'avait été impossible d'obtenir de l'Université l'argent nécessaire à un voyage d'études chez les Yapous. Je fus obligé de ruser et mentis sur mon objectif en affirmant que je partais chercher sur place de nouveaux éléments qui corroboreraient la thèse selon laquelle le yapou était incompréhensible – soit le contraire de ce que je voulais démontrer. On émit des doutes sur la possibilité d'apporter de l'eau fraîche à ce moulin, mais on m'accorda tout de même un financement. Mon expédition fut un fiasco de mon point de vue et une réussite du point de vue de mes collègues : après six mois dans la jungle à crapahuter derrière les Yapous, je n'avais rien trouvé qui permît de comprendre leur façon de parler et rapportais mille raisons nouvelles de penser que ceux qui les prétendaient fous étaient dans le vrai.

Je n'en baissai pas les bras pour autant et mis sur pied un deuxième voyage. Pour obtenir d'autres crédits, j'affirmai que je comptais étudier les mœurs des Mipibos, une tribu dont les villages étaient situés dans la même zone que ceux des Yapous. Une fois sur place, je me rendis immédiatement chez ces derniers, qui m'accueillirent à bras ouverts – c'est une peuplade très hospitalière, même s'ils tendent à éviter les contacts avec l'extérieur – et me laissèrent à nouveau tenter de percer le secret de leur langue. Ce fut encore un échec, d'autant plus retentissant que je rentrai en France sans aucun résultat valable sur les Mipibos. J'en fus quitte pour une explication houleuse avec l'Université, laquelle décida – c'était compréhensible – de me refuser désormais tout voyage d'études au-delà de la banlieue de Paris. N'importait : je suis parti durant mes vacances, en puisant dans ma cagnotte. Et, après huit nouvelles semaines au contact des Yapous, je suis enfin parvenu à comprendre ce que tout le monde jugeait incompréhensible.

*

Les Yapous vivent au fin fond de la forêt amazonienne, où ils migrent d'un village à l'autre en fonction des saisons. Comme je leur avais déjà rendu visite à deux reprises, ils commençaient à bien me connaître ; ils parurent très contents de me revoir et organisèrent une petite fête pour célébrer mon retour. Puis, une fois passée la joie des retrouvailles, ils retournèrent à leurs occupations habituelles tandis que je me fondais dans le paysage pour les observer dans leur vie quotidienne. À ce sujet, il faut bien dire que les Yapous ne font pas grand-chose de leurs journées. L'essentiel de leurs activités consiste à chercher de la nourriture. Ils vivent de la chasse, de la pêche et de la cueillette et pratiquent une horticulture rudimentaire. La base de leur alimentation est le manioc ; ils en font des galettes, de la farine torréfiée et de la bière. Ils mangent aussi des tapirs, des pécaris et toutes sortes de cervidés, ainsi que des tortues terrestres qui, comme chez leurs cousins tupi-guarani, sont la seule viande que peuvent avaler les femmes lorsqu'elles ont leurs menstrues. Une fois qu'ils ont suffisamment travaillé pour assurer la subsistance du groupe jusqu'au lendemain, les Yapous s'arrêtent et se reposent. La notion d'accumulation leur est inconnue : jamais un Yapou n'aurait l'idée d'arracher davantage de racines qu'il n'en a besoin et de les mettre en réserve pour le lendemain. Un jour, je me suis mêlé à eux pour la cueillette. Nous avons récolté des larves de coléoptères et des fruits de guarana jusqu'à ce que le chef de l'expédition, jugeant qu'on en avait assez fait, déclare la séance terminée. Comme j'avais trouvé un arbre où les baies étaient abondantes et que je trouvais dommage de ne pas dépouiller complètement la branche à laquelle je m'étais attaqué, j'ai décidé d'aller jusqu'au bout. Stupéfaits, les Yapous se sont précipités vers moi pour m'en empêcher. Je pensai qu'ils m'en voulaient d'avoir désobéi au chef, mais leur visage n'exprimait pas tant de la colère ou du ressentiment qu'une sorte d'angoisse amicale, comme s'ils voulaient protéger ma santé : le fait de cueillir plus de baies que nécessaire – ce que Marx aurait appelé un surtravail – ne leur semblait pas simplement stupide, cela leur semblait dangereux. Travailler leur est supportable tant que leur survie

66

en dépend, mais leur devient intolérable dès que cela ne présente plus de nécessité vitale. Sitôt que l'on a suffisamment amassé pour subvenir aux besoins de la tribu, la cueillette bascule d'une signification dans une autre ; ce qu'ils accomplissaient machinalement cinq minutes plus tôt, parfois même avec entrain, devient tout à coup une véritable torture, et rien au monde ne pourrait les pousser à continuer.

Mais enfin, ces notes n'ont pas pour objet l'économie et les modes de subsistance dans la société Yapou : c'est leur langue qui nous intéresse. Voici donc comment les choses se présentent. J'ai signalé tout à l'heure que les anthropologues qui l'ont étudié ont jugé le yapou incompréhensible ; en réalité, le mot convenable n'est pas tant incompréhensible qu'absurde. Si une part importante du vocabulaire yapou reste à décrypter, on connaît la signification des termes les plus courants ; mais on a toujours échoué en revanche à comprendre comment l'arrangement de ces termes produit un sens déterminé. Il semble que les Yapous utilisent n'importe quel mot pour n'importe quel autre : la signification de leurs propos paraît plus ou moins indépendante des vocables qu'ils emploient, ce qui est bien évidemment extraordinaire. C'est en ce sens que Margaret Marker concluait qu'ils sont fous : ils sont en effet pareils à ces aliénés qui ont perdu la notion du langage, de sorte que, pour réclamer des aliments, ils peuvent tout aussi bien vous dire « J'ai faim » que « Prêtez-moi votre parapluie », avec l'intime conviction que vous allez les comprendre. Groos écrit ainsi : « On peut toujours savoir ce que disent les Yapous, mais rarement ce qu'ils *veulent* dire. Chez eux, signifiants et signifiés semblent s'être désolidarisés jusqu'à pouvoir être combinés en une myriade de possibilités – s'il y a des limites à ces possibilités, c'est ce qu'il nous faut découvrir. Il semble bien que des balises existent dans ce chaos, balises à quoi l'on peut se raccrocher pour entamer l'étude ; j'entends par là qu'un certain nombre de termes paraissent dépourvus d'ambiguïté et ont une signification unique (ce qui est reposant pour l'esprit). Pour le reste, en revanche, les mots sont utilisés de manière tout à fait incohérente, en contradiction avec les règles élémentaires de la linguistique. Lorsqu'un Yapou prononce une phrase de plus de trois mots, il est exceptionnel que vous n'y trouviez pas une absurdité qui la prive de sens. Vous restez donc là, les bras ballants et l'air idiot, tandis que lui vous regarde d'un air apitoyé en songeant sans doute que l'homme blanc souffre de capacités d'intellection très limitées. »

La difficulté du yapou est d'autant plus grande que les Yapous n'utilisent aucune intonation lorsqu'ils parlent. C'est d'ailleurs très étrange à observer : quels que soient le sujet, le contexte et l'ambiance, ils ne se départent jamais d'une voix blanche et monocorde, déclamant tout sur un ton de paisible équanimité. Du coup, la seule manière de déterminer l'humeur d'un Yapou est d'examiner son visage – et encore celui-ci est-il le plus souvent d'une remarquable inexpressivité. Plus étrange encore, les Yapous ignorent les formules interrogatives et exclamatives. Lorsque je vous demande si vous allez bien, je module ma voix de sorte qu'il n'y a pour vous aucun doute sur le fait que je vous pose une question. Ce n'est pas le cas chez les Yapous : à l'oreille, il est impossible de savoir s'ils vous posent une question, vous donnent un ordre, révèlent un secret ou racontent une histoire drôle. Tout est affaire de sensibilité. Une fois, j'ai observé deux femmes qui, concentrées sur le décorticage de larves, discutaient sans se regarder. À trois reprises, l'une a dit à l'autre la même phrase, avec les mêmes mots et sur le même ton ; on aurait obtenu un résultat équivalent en rejouant trois fois le même passage sur un magnétophone. À chaque fois, la destinataire du message a eu une réaction différente : à la première elle a ri, et j'ai pensé que son interlocutrice avait fait un bon mot ; à la deuxième elle a levé les sourcils et adopté une expression perplexe ; à la dernière elle s'est mise en colère, comme si l'autre lui avait fait un reproche. Malgré mes efforts, je suis demeuré incapable de comprendre quelles circonstances faisaient que le message prenait tantôt cette signification-ci et tantôt celle-là ; j'en suis même venu à me demander si les Yapous ne bénéficient pas de dons divinatoires qui leur permettent de lire dans les pensées de leurs semblables afin de découvrir la substance véritable de messages que la débilité de leur langage ne permet pas de délivrer correctement.

Cela étant, malgré ces admirables facultés d'empathie, il est fréquent que les Yapous se trompent dans l'interprétation de ce qu'ils se disent. En fait, la plupart des messages qu'ils s'adressent sont compris de travers, de sorte qu'ils font presque toujours autre chose que ce qu'on leur demande de faire et ne répondent jamais du premier coup aux questions qu'on leur pose. Et c'est là, justement, que se tient leur secret, la clef de leur mystère.

Il y a quelques années, un chercheur belge nommé Pierre Gould a proposé une hypothèse séduisante pour expliquer les aberrations du yapou : selon lui, la propension des Yapous à utiliser un mot pour un autre devait être rapprochée d'un type de discours bien précis – la poésie. « Je ne vois pas d'autre explication à l'absurdité apparente du langage yapou, écrivait-il. Les Yapous sont une société de poètes-nés, qui ont inventé le surréalisme avant l'heure et font des cadavres exquis chaque fois qu'ils ouvrent la bouche. Tandis que nous autres Occidentaux, avec nos contes et nos poèmes, tentons de rendre du mystère à notre monde désenchanté, eux baignent naturellement dans l'invention littéraire – probablement ne s'en rendent-ils d'ailleurs pas compte, puisqu'ils ont toujours vécu comme ça. De ce point de vue, je considère que les Yapous sont pour nous des modèles, et que l'on devrait apprendre des extraits de leurs conversations dans nos écoles. »

Ses confrères ont estimé que Gould plaisantait lorsqu'il a écrit ces lignes, alors qu'il était tout à fait sérieux ; il était même remarquablement proche de la vérité, à ceci près qu'il se trompait selon moi sur le sens profond de l'ineptie du yapou. En réalité, le yapou n'est pas une langue de poètes : c'est une langue de boute-en-train. Aussi bizarre que cela paraisse, les Yapous prennent en effet plaisir à commettre des erreurs, et donnent même à leurs méprises une sorte de valeur sacrée. J'ai comptabilisé chez eux quarante-huit mots pour dire « quiproquo » : il y en a pour toutes les nuances du malentendu, depuis l'erreur sur les faits jusqu'à la confusion des personnes, l'interversion des dates et l'équivoque sur les intentions – la langue française est comparativement très pauvre. J'ai d'abord pensé que le mot « quiproquo » était utilisé chez eux comme un tic ou une ponctuation, mais non : l'imbroglio est pourvu chez les Yapous d'une authentique fonction sociale. À Pierre Gould qui disait que les Yapous sont des poètes par nature, je réponds donc qu'ils sont plutôt des comiques qui s'ignorent : leur existence est une sorte de vaudeville permanent où le moindre événement de la vie quotidienne peut être l'occasion d'une invraisemblable série de méprises. Écrivons-le en toutes lettres : le quiproquo et le malentendu sont, avec la guerre tribale et l'anthropophagie, les quatre piliers de la société yapou. Les ethnologues auront beau dire qu'il n'est pas possible qu'une société s'édifie ainsi sur la base du quiproquo – de même qu'il est impossible qu'un groupe humain se perpétue si les rapports hétérosexuels y sont interdits (il s'éteindrait naturellement au bout d'une génération) –, je n'en maintiens pas moins mon affirmation : la société yapou est fondée sur le malentendu et les Yapous s'efforcent en toutes circonstances d'en provoquer autant que possible. De là les spécificités du yapou : le quiproquo étant la valeur essentielle de leur société, leur langue devait être conforme aux exigences d'une incompréhension maximale. Je n'en donnerai qu'une seule illustration, particulièrement frappante : les noms.

*

Chez les Yapous comme partout ailleurs, les parents donnent des noms à leurs enfants. Mais loin d'avoir recours à des périphrases avantageuses ou à des expressions superlatives, comme c'est le cas chez leurs voisins Mipibos, ils emploient les mots les plus banals de leur lexique, avec une prédilection toute particulière pour les *pronoms*. Pour la clarté de l'explication, je vais raisonner en français ; les adaptations qu'il me faudra effectuer seront minimes, et la compréhension en sortira très renforcée.

Plutôt que de nommer leurs rejetons Pierre, Paul ou Marguerite, donc, les Yapous les appellent « Je », « Tu », « Il », « Elle », « Ils », « Nous », « Toi », « Moi » ou « Lui ». On ne mesure pas instantanément l'étrangeté de cette onomastique. Pour vous faire une idée, songez à ce que serait votre vie si vous vous appeliez « Tu » : vous vous retourneriez dans la rue chaque fois qu'une personne s'adresse à une autre à la deuxième personne du singulier, comme un chien psychopathe qui croit qu'on l'appelle en permanence. Si vous ajoutez à cela le fait que, comme je le disais tout à l'heure, les Yapous ignorent les intonations et interprètent tout en fonction du contexte, vous entreverrez les formidables problèmes que peut engendrer cette anthroponymie. Prenons pour exemple une phrase très simple : « C'est toi. » Lorsque je la dis en français, elle n'a qu'une seule signification. Mais pour un Yapou, elle en possède deux : « toi » peut désigner soit la personne à qui s'adresse la phrase, soit un individu qui s'appelle Toi. Pour compliquer les choses, le nombre de pronoms disponibles n'est pas assez vaste pour que chaque membre de la tribu en porte un qui lui soit propre, de sorte qu'il se trouve toujours cinq ou six personnes pour répondre en même temps au nom de « Toi ». On pourrait imaginer que les Yapous sont suffisamment sophistiqués pour différencier les Toi par des qualificatifs (« Toi le petit », « Toi le fort », « Toi l'idiot »), mais non : ils se régalent au contraire de ne jamais savoir de qui l'on parle, et semblent tirer un grand plaisir de la confusion qui en découle.

Si vous abordez des phrases plus complexes, les problèmes se démultiplient jusqu'au vertige. Considérons cette simple phrase : « Tu l'as vu, lui ? » À la façon dont je la prononce, vous comprenez d'emblée qu'il s'agit d'une question. Les Yapous, eux, n'en savent rien, puisque le point d'interrogation et l'intonation correspondante n'existent pas dans leur langue. Supposons que le Yapou l'interprète bien comme une question : il peut alors s'agir de savoir 1° si l'individu nommé Tu a vu l'individu nommé Lui ; 2° si l'individu nommé Tu a vu un individu déterminé, non nommé mais dont on suppose qu'il est apparu antérieurement dans la conversation ; 3° si le destinataire de la question a vu l'individu nommé Lui ; 4° si le destinataire de la question a vu l'individu non nommé dont je parlais à l'instant. Supposons maintenant que le Yapou se trompe et qu'il interprète la phrase comme une affirmation : quatre nouvelles possibilités naissent, ce qui porte à huit le nombre de façons de la comprendre. Lorsqu'on pense que ce genre de phrases surgit immanquablement dans la moindre discussion, on en déduit aisément qu'il serait miraculeux que les Yapous se comprennent parfaitement et que les discussions ne tournent pas à l'absurde au bout de trois répliques.

Plusieurs fois, je me suis amusé à lâcher en leur présence une petite phrase à même de les ravir, comme « Moi, c'est moi et toi, c'est toi » ou « Partons ensemble, toi, moi, lui et tous les autres ». Ils en restaient bouche bée, puis s'amusaient à la répéter comme des enfants à qui l'on vient d'apprendre un nouveau juron. Je suis persuadé qu'à l'heure qu'il est ils sont encore en train de débattre de ce que j'ai voulu dire lorsque, avec mon accent approximatif, je leur ai lancé ces phrases pleines de chausse-trappes. Il va de soi que le discours philosophique est rigoureusement impossible chez les Yapous, et que tout discours public en général est voué à l'échec : pour le dire d'une manière imagée, un Yapou qui harangue une foule de dix personnes avec un discours de cinquante mots peut s'attendre à ce que son propos soit entendu de 50^{10} façons différentes. Cela explique sans doute le caractère rudimentaire des structures politiques de la société yapou, mais c'est un autre sujet sur lequel je ne m'étendrai pas ici.

*

Comprendre les Yapous m'a demandé beaucoup de temps et d'efforts – encore qu'il me soit difficile d'affirmer que je les comprends, puisque eux-mêmes ne se comprennent jamais. Disons que je suis parvenu à percer leur secret et à entrevoir la manière dont ils se débattent au quotidien avec les impasses de leur langue. J'ai en tout cas beaucoup appris à leur contact. Au retour de mon dernier séjour chez eux, j'ai eu un certain mal à m'acclimater de nouveau à la rationalité de notre organisation sociale. En France, lorsque vous réservez un billet d'avion ou passez commande d'un livre, vous êtes assuré d'embarquer le jour dit pour la bonne destination et de recevoir le livre à votre adresse. Bien sûr, cette régularité présente des avantages notables et je ne conteste pas que notre mode de vie soit plus simple et plus viable que celui des Yapous. D'un autre côté, je dois bien avouer que notre existence est moins amusante. Leur système social ne leur laisse pas le temps de s'ennuyer ; pour être sincère, leur vie me semble plus riche et colorée que la nôtre. Aussi nous faut-il préserver les rares espaces de liberté où l'on retrouve un peu du sens de l'absurde des Yapous ; c'est pourquoi je suis très favorable à l'expansion illimitée des administrations publiques et de la bureaucratie, intarissables foyers d'erreurs et de comportements absurdes.

C'est aussi chez les Yapous que j'ai rencontré ma femme, Avaé (« Nous » en yapou). J'en suis tombé amoureux lors de mon dernier voyage et suis parvenu à convaincre ses parents de me laisser la ramener avec moi en Europe. Nous vivons ensemble depuis deux ans ; elle parle le français mais, lorsque nous sommes seuls, nous préférons communiquer en yapou, et notre ménage est un véritable havre de pagaille et de confusion. L'année dernière, elle m'a donné des jumeaux. Deux êtres parfaitement semblables, comme pour qu'on les confonde. La loi interdisant de leur donner le même nom, nous les avons appelés Théophile et Théophraste. Lorsqu'ils auront grandi, nous leur apprendrons à échanger prénoms et vêtements, de manière qu'on ignore toujours de qui l'on parle lorsqu'on les nomme. Et s'ils ont du goût pour ces quiproquos, nous repartirons ensemble chez les Yapous, afin qu'ils se trompent sans cesse et sur tout jusqu'à la fin de leurs jours.

Marées noires

J'ai rencontré Pierre Gould sur le port d'Anvers, où je suis lamaneur. Mon travail consiste à amarrer des bateaux géants au moyen de haussières en acier. C'est assez physique, mais j'aime la proximité de ces gigantesques tankers dont les citernes contiennent plusieurs centaines de milliers de mètres cubes de pétrole. Les lamaneurs travaillent toujours en binôme : en mer, sur la vedette, le premier récupère les haussières à la gaffe et y arrime la tourline qu'on lui lance depuis la terre ; à quai, le second amarre le bateau. Dans les deux cas, il faut être sur ses gardes. Sur la vedette, la sensation est saisissante : pris entre les ducs-d'Albe d'un côté et le pétrolier de l'autre, on est comme une mouche volant autour d'un mammouth ; avec les courants, la houle et les remous provoqués par l'hélice, le danger est de se laisser entraîner sous la coque. À quai, c'est une autre affaire : il faut surveiller la tension qui s'exerce sur les haussières, car si l'acier lâche vous pouvez être coupé en deux comme une motte de beurre par un couteau. Mais enfin, je ne suis pas ici pour vous parler de l'amarrage des bateaux, mais de ma rencontre avec Pierre Gould.

Il déambulait donc sur le quai comme un touriste, sans avoir l'air conscient des dangers du lieu. Il ne portait même pas le casque obligatoire ; avec son costume à carreaux et ses lunettes rondes, il me faisait penser à un député conservateur ou à un professeur de droit égaré par distraction dans ce milieu hostile. Personne sur le quai ne prenait garde à lui ; les marins affectaient de ne pas le voir, et les dockers étaient trop occupés pour lui demander de déguerpir. Comme je ne voulais pas qu'il lui arrive malheur, je m'approchai de lui pour le prier de partir. Il contemplait le *Pedro Páramo*, un pétrolier mexicain de cent cinquante mètres en provenance du golfe Persique.

– Je peux vous aider, monsieur ?

Il me dévisagea.

– Quel monstre, n'est-ce pas ! dit-il en souriant.

Il avait l'air sincèrement impressionné. J'en déduisis qu'il n'y connaissait pas grand-chose, car le *Pedro Páramo* est loin d'être un gros bateau ; il y en avait de bien plus imposants partout dans le port. Pour ne pas le contrarier, j'acquiesçai.

– Oui, c'est un sacré bateau.

J'allai lui dire que sa présence sur le quai n'était pas autorisée lorsqu'il ajouta :

– Il n'a pas l'air en très bon état.

Étonné, je regardai plus attentivement la coque du *Pedro Páramo*. La plupart du temps, je ne prends pas garde à l'état des navires que j'amarre, et on pourrait me faire travailler sur un torpilleur en ruine ou un galion du xvie siècle sans que je m'en rende compte. Mais en effet, à bien l'observer, le *Pedro Páramo* n'était plus de toute première jeunesse. Il naviguait sans doute depuis une vingtaine d'années, si ce n'est davantage ; la coque était rongée par la rouille, plusieurs hublots étaient cassés et le nom du navire tout écaillé.

– Vous avez raison, il n'a pas l'air très flambant, dis-je à Gould.

– Savez-vous combien de mètres cubes de pétrole contiennent ses citernes ?

Je l'ignorais mais, en tant que professionnel, je me sentis obligé d'avancer une estimation.

– Environ deux cent mille mètres cubes, je pense.

– Deux cent cinquante et un mille, très exactement, répartis dans vingt et une citernes. Son poids lège frôle les vingt-neuf mille tonnes, soit trente fois celui de la tour Eiffel. De la quille à la pomme du mât, il mesure plus de quarante-cinq mètres. Son autonomie en combustible est d'une quarantaine de jours, ce qui lui donne le temps de parcourir les trois quarts du globe.

Je demeurai stupéfait.

– Comment savez-vous tout cela ?

Il prit l'air d'un détective qui révèle les résultats de son enquête.

– Le *Pedro Páramo*, je l'ai à l'œil depuis un certain temps. À mon avis, il sera bientôt mûr.

– Mûr ?

– Mûr. Comme une grosse prune. S'il navigue encore quelques milliers de milles, il s'ouvrira, c'est sûr.

– Que voulez-vous dire ?

Une lueur de joie illumina ses yeux, et son visage se fendit d'un magnifique sourire.

– Qu'il coulera en déversant son pétrole dans la mer, occasionnant une belle, une très belle, une *admirable* marée noire.

Sur ces mots, il sortit de son veston une petite boîte en fer qu'il ouvrit et me tendit.

– Un calisson ?

La boîte en était pleine. J'en pris donc un entre mes doigts tandis qu'il s'en mit deux dans la bouche avant de refermer la boîte. Nous mastiquâmes en silence en regardant le *Pedro Páramo* d'un œil intéressé, et je songeai que son attitude était vraiment très étrange.

– Mes paroles vous ont-elles choqué ? demanda-t-il.

– Non, non, répondis-je. Je les trouve simplement… *bizarres*.

– Je vous comprends. Je vous comprends très bien. Cela dit, je ne voudrais pas que vous me preniez pour un fou, ou pour un pervers. Pour rien au monde, je vous le jure, je ne voudrais que ce tas de ferraille se brise en répandant sa cargaison dans l'eau. Comme ce serait horrible ! Horrible et immoral, profondément immoral. Je suis pour la moralité et pour la vertu, cela va sans dire, et pour tout ce qui s'ensuit ; je serai le premier à affirmer, entendez-moi bien, que les marées noires sont des catastrophes effroyables et scandaleuses.

Il sortit de nouveau sa boîte et prit un troisième calisson.

– Cependant, voyez-vous…

Son visage devint tout à coup très sérieux ; ses yeux se plissèrent, sa voix se fit plus grave.

– Les marées noires ne sont pas tellement différentes des autres abominations dont les hommes se rendent coupables. De mon point de vue, on peut les considérer exactement de la même manière que *les meurtres*.

Il avait insisté sur le mot « meurtre », et j'eus un mouvement de recul qu'il remarqua.

– Ne vous inquiétez pas, dit-il en riant, je ne suis pas davantage favorable à l'assassinat qu'aux marées noires. Les deux sont également condamnables, même si leurs conséquences sont différentes – conséquences que je ne prendrai pas la peine de comparer, car on se trouve là au plus bas de l'échelle des productions humaines et il n'est pas agréable d'y descendre, même dans un but scientifique. Mais enfin, soyons francs : une fois que l'on a convenu que le meurtre et la pollution des mers sont deux choses horribles, honteuses et intolérables, une fois qu'on a dit cela, a-t-on vraiment tout dit ?

Il me fixa intensément, comme s'il attendait une réponse.

– Eh bien, je pense, dis-je en haussant les épaules.

– Non ! éclata-t-il. Non, monsieur, on n'a pas tout dit. On n'a dit, en fait, que la moitié de ce qui doit être dit. Car l'assassinat et la marée noire, sachez-le, sont des médailles à deux faces ; et lorsqu'on les a condamnés aussi fermement qu'on le peut, en utilisant tout le vocabulaire de la réprobation et du scandale, on n'a regardé qu'une seule de ces faces. Pour voir l'autre, il faut cependant adopter une disposition de l'esprit inaccessible à la plupart de nos concitoyens.

– J'ai peur de ne pas bien vous suivre.

Il passa la main dans son veston ; je crus qu'il allait me proposer un nouveau calisson, mais il en tira une brochure imprimée sur du mauvais papier.

– Connaissez-vous cette conférence ?

Il n'y avait rien d'écrit sur la couverture, ni au dos.

– De quoi s'agit-il ?

– Lisez-la, je vous la prête. Vous me la rendrez à l'occasion. Ma carte est à l'intérieur.

Ouvrant la brochure, je trouvai en effet une jolie carte de visite en bristol ; j'y lus « Pierre Gould » et, en dessous, les lettres « SCMN » suivies d'un numéro de téléphone.

– Que signifie ce sigle ? On dirait le nom d'une compagnie maritime.

– Il ne s'agit pas d'une société d'armateurs, répondit Gould. Vous comprendrez de quoi il retourne en lisant la conférence. Et maintenant, permettez-moi de vous abandonner, j'ai encore de nombreux bateaux à visiter aujourd'hui.

Il ferma sa veste, enfonça les mains dans ses poches et s'en alla.

– Mais comment vais-je vous retrouver ? lançai-je. Il faudra que je vous rende votre livre !

– Je traîne souvent sur les quais, répondit-il sans se retourner. Et si la conférence vous intéresse vraiment, vous pourrez me joindre au numéro indiqué sur la carte.

Je demeurai au pied du *Pedro Páramo*, la brochure à la main, et le regardai s'éloigner jusqu'à ce qu'il disparaisse parmi les containers qui encombraient le quai. C'est alors que je réalisai que j'avais oublié de lui dire que le port était interdit aux visiteurs.

*

Je ne me souvins de Gould et de ses calissons que trois jours plus tard, en vidant les poches de mon pantalon – la brochure était là, toute froissée, et je songeai qu'il me faudrait l'aplatir sous une pile de dictionnaires avant de la lui rendre. Elle ne comptait que cinquante-deux pages. Il s'agissait bien d'une conférence, comme l'avait précisé Gould. Elle commençait ainsi[1] : « Messieurs, j'ai eu l'honneur d'être désigné par votre comité pour la tâche ardue de prononcer la conférence Williams sur l'Assassinat considéré comme un des Beaux-Arts ; tâche qui aurait pu être aisée voici trois ou quatre siècles, au temps où cet art était peu compris et où peu de grands modèles en avaient été montrés ; mais à notre époque, où des chefs-d'œuvre de perfection ont été exécutés par des professionnels, le public doit s'attendre évidemment à trouver dans le style

1. Les extraits de *De l'assassinat considéré comme un des beaux-arts* de Thomas de Quincey sont cités d'après la traduction de Pierre Leyris.

de la critique qui s'y applique un progrès correspondant. »
Je compris vite le programme de l'auteur : démontrer que
l'assassinat, outre son immoralité, comporte une dimension esthétique, en dehors de la question du bien et du mal,
qui mérite un examen particulier. « Il entre dans la composition d'un beau meurtre quelque chose de plus que deux
imbéciles – l'un assassinant, l'autre assassiné, un couteau,
une bourse et une sente obscure » ; il faut aussi porter
attention « au dessein d'ensemble, au groupement, à la
lumière et à l'ombre, à la poésie, au sentiment ».

Tout cela me parut tout à fait divertissant, et je ne pus
réprimer quelques éclats de rire lors des passages les plus
comiques. L'intelligence et l'habileté avec lesquelles le
conférencier persuadait son auditoire qu'il est possible de
regarder le carnage à l'arme blanche comme une œuvre
d'art, et tout en demeurant en paix avec sa conscience, for-
çaient vraiment l'admiration. Se défendant de manquer à
la morale, il proposait au lecteur d'appliquer la méthode
suivante : « Lorsqu'un assassinat est au temps *paulo-post-
futurum* – non pas accompli, non pas même (selon un
purisme moderne) en acte de s'accomplir, mais seulement
sur le point de s'accomplir – et que le bruit en vient à
nos oreilles, de grâce traitons-le moralement. Mais
supposez-le accompli et passé, et que vous en puissiez
dire : Τετέλεσται, il est terminé, ou (dans ce molosse ada-
mantin de Médée) : έίργάτέι, il est achevé, c'est un fait
accompli ; supposez le pauvre homme assassiné au bout
de ses souffrances et le gredin qui a fait le coup disparu
comme l'éclair, nul ne sait où ; supposez enfin que nous
ayons fait de notre mieux, en allongeant les jambes, pour
faire trébucher l'intéressé dans sa fuite, mais en vain
– *abiit*, *evasit*, *excessit*, *erupit*, etc. –, alors, à quoi bon, je
vous le demande, déployer plus de vertu ? On en a accordé
assez à la morale ; voici venu le tour du goût et des

beaux-arts. » C'était remarquablement bien tourné, même si je n'étais pas tout à fait convaincu ; quoiqu'il affectât d'être aussi sérieux qu'on peut l'être, il y avait chez notre conférencier tant d'humour qu'il m'était difficile de le croire sincère et de souscrire à ses thèses. J'avais en tout cas bien ri et allai me coucher de bonne humeur en me demandant si, ainsi que l'avait prétendu Gould, on pouvait vraiment faire avec les marées noires ce que ce très spirituel auteur avait fait avec le meurtre : de la critique d'art.

*

Je retrouvai Gould un mois tard ; il était devant le *Theodore Powys*, un pétrolier anglais de mêmes dimensions que le *Pedro Páramo*, qui devait appareiller le soir même pour Marseille. Malgré la température hivernale, il portait un short kaki et des chaussettes blanches montant jusqu'aux genoux, et avait dans le dos un petit sac de toile qui lui donnait l'air d'un vieux scout desséché.

– Il est mûr ? demandai-je en m'approchant de lui.

– Pardon ? dit-il avec surprise avant de me reconnaître. Oh ! C'est vous !

Il vint à ma rencontre et me serra chaleureusement la main – la sienne était glacée.

– Je ne crois pas que celui-ci donnera lieu à un chef-d'œuvre avant longtemps, dit-il en regardant le *Theodore Powys*. Il possède une double coque et l'armateur, qui est à Londres, est un industriel tout ce qu'il y a de plus sérieux. Non, à vrai dire, mes espoirs se portent actuellement sur le pétrolier battant pavillon panaméen que vous voyez là-bas.

Il désigna un tanker amarré à plusieurs centaines de mètres de là, trop loin pour que je puisse lire son nom.

– Tenez, dis-je en lui tendant la brochure. Votre livre.

– Ah, merci.

Il sortit sa boîte en fer de son short, me proposa un calisson et s'en offrit deux ou trois.

– Vous avez aimé ? mâchouilla-t-il.

– Beaucoup. C'est… surprenant.

– N'est-ce pas ? On devrait faire lire ce texte dans les écoles.

Je considérai cette proposition, tentant d'imaginer à quoi ressemblerait le monde si l'on apprenait aux écoliers à apprécier les mérites d'un beau crime à l'instar d'une grande musique, d'un tableau de maître ou d'un poème.

– J'imagine que vous avez compris la raison de la petite société dont je suis membre, reprit Gould.

– Oui, je crois. Vous êtes critique de marées noires.

– C'est cela ! s'exclama Gould, l'air réjoui. Exactement ! Et qu'en pensez-vous ?

– Eh bien, comment vous dire ? Je ne me suis pas ennuyé en lisant cette conférence, vous pouvez me croire, mais il y a tout de même une ou deux choses qui…

– Je vous écoute.

– Pour commencer, je conçois très bien la comparaison d'un pollueur avec un criminel. Mais ne peut-on pas en dire autant d'autres activités humaines ?

– Holà, du calme, mon ami, rétorqua Gould. Comme vous y allez ! Je veux bien vous suivre, mais admettez qu'une marée noire se prête infiniment mieux à l'approche esthétique que, disons, une catastrophe aérienne, par exemple. Ce n'est d'ailleurs pas par hasard qu'il existe une Société des connaisseurs de marées noires, et pas de Société des connaisseurs d'accidents d'avion.

– Peut-être, répondis-je, pour ne pas le froisser. J'en viens à ma deuxième réserve : le plaisir esthétique que l'on peut retirer de la vision de plaques de pétrole sur une plage, je vais être franc, m'apparaît assez obscur.

– C'est que vous n'en avez jamais vu de près.

Il avait dit cela avec un tel aplomb que j'en restai sans voix.

– Laissez-moi vous convaincre, insista-t-il. Je vous vois sceptique et cela m'ennuie. Vous m'avez tout l'air d'être une personne de valeur, vous ne méritez donc pas d'être tenu à l'écart de l'un des plaisirs les plus raffinés qui se puissent imaginer pour l'œil et pour l'esprit.

À l'entendre, on aurait cru que savoir juger des mérites esthétiques d'une marée noire était un privilège aussi rare que celui de comprendre les philosophes allemands.

– Le mieux serait que vous assistiez à l'une de nos séances, expliqua-t-il. La prochaine a lieu dans huit jours. Promettez-moi de venir.

Il sortit de son sac un stylo et griffonna une adresse sur un morceau de papier qu'il plia en quatre et me tendit en regardant autour de lui avec méfiance.

– Soyez à l'heure, ajouta-t-il.

*

La Société des connaisseurs de marées noires se réunissait tous les deux mois dans des lieux chaque fois différents – hôtels, caves et arrière-salles aux quatre coins de la Belgique. Ce soir-là, ils tenaient séance dans un cinéma non loin d'Anvers, ce qui m'encouragea à répondre à l'invitation de Gould – je ne crois pas que j'y serais allé si j'avais dû rouler jusqu'à Bruxelles, Bastogne ou Charleroi. Je fus accueilli par Gould, qui me serra dans ses bras et me présenta les sociétaires. Ils étaient une trentaine, francophones et néerlandophones de tout âge et de tout milieu – je remarquai un vieillard en fauteuil roulant, un sosie d'Agatha Christie et un jeune homme balafré qui, malgré l'obscurité, portait des lunettes de soleil. Après m'avoir offert un calisson, Gould m'informa du programme de la soirée : nous allions d'abord assister à la conférence d'un professeur italien, après quoi nous verrions les photographies ramenées d'Asie par Philippe, l'un des sociétaires. Je hochai la tête et m'installai au milieu de la salle.

Lorsque tout le monde fut assis, le conférencier, qui s'appelait Malazzi, fit son entrée et s'installa à un pupitre disposé devant l'écran. Avec un merveilleux accent italien, il commença son intervention. C'était un exposé très détaillé sur les différentes étapes de la formation d'une marée noire, depuis le naufrage jusqu'à l'échouage du fioul sur les côtes. Malazzi expliqua pourquoi la concentration et la surface des nappes de pétrole dans la mer varient selon la volatilité, la solubilité et la densité, et montra comment les vents et les courants les poussent ensuite dans toutes les directions. « Lorsqu'on a de la chance, affirma-t-il, le fioul se répand directement sur les plages. » Un rire entendu parcourut la salle. Malazzi poursuivit en évoquant le pétrole sur les rochers et les plantes ; il possédait son sujet et étalait des connaissances qui touchaient aussi bien à la chimie qu'à la géologie, la biologie ou la météorologie. Après avoir expliqué comment le fioul asphyxie la vie incrustée dans les rochers, il conclut en disant que les plaques finissent par devenir friables et par se détacher « avant d'être emmenées par les flots vers de nouvelles aventures ». Enfin, après avoir recouvert quelques kilomètres de côte, le pétrole s'oxyde au contact de l'air et se disperse dans la mer. Parfois, des écologistes et des bien-pensants le récupèrent à la pelle et détruisent sans vergogne « ces couches gluantes d'un noir parfait qui nous ravissent, nous autres gens de goût ».

L'épilogue déclencha des tonnerres d'applaudissements. Après avoir répondu aux questions, Malazzi fut remplacé au pupitre par un certain Philippe, jeune homme à la barbe d'apôtre qui rentrait d'un voyage en Inde. Il s'y était précipité pour assister à une gigantesque marée noire issue du télescopage de deux pétroliers en mer d'Oman. Avec un grand souci du détail, Philippe relata les circonstances de la collision et décrivit l'incendie qui avait suivi sur le plus grand des deux bateaux. Le spectacle, affirma-t-il, était apocalyptique : le pétrolier qu'on remorquait vers le large laissait derrière lui une nappe de pétrole en feu, et les fumées obscurcissaient le ciel comme pendant une éclipse. Après trois jours de débâcle, l'épave avait pris de la gîte et libéré tout son pétrole. Par chance, Philippe avait pu monter à bord d'un hélicoptère pour survoler la zone et prendre des photographies aériennes ; il s'était ensuite rendu sur la côte, entre Bhatkal et Coondapoor, et avait assisté à l'arrivée d'un océan de fioul qui avait tout recouvert, comme si la main de Dieu s'était amusée à verser sur la terre un seau de goudron chaud.

Les lumières s'éteignirent, et la première image fut projetée sur l'écran. Elle montrait la fumée photographiée depuis l'hélicoptère : un gigantesque champignon noir, fort impressionnant. On vit ensuite le pétrolier aux différents moments de son naufrage, puis l'immense coulée qui s'échappait de ses cuves et s'étendait dans la mer. Les sociétaires s'extasiaient comme des amateurs de peinture devant un ciel d'orage du Greco. Philippe commentait ses clichés, racontant ses impressions à la vue de ces scènes de désolation. Vinrent ensuite les photos prises depuis la côte, lors de l'arrivée de la nappe de fioul. Si on pouvait encore supporter les images aériennes, relativement abstraites, celles-là étaient si révulsives qu'elles vous retournaient l'estomac : des galettes de pétrole collées sur les rochers comme des bubons fuligineux, des oiseaux englués jusqu'au bec, des autochtones qui tentaient pathétiquement de ramasser le pétrole avec leurs râteaux, et même un petit garçon égaré, les pieds dans le fioul, tenant dans sa main une galette collante qu'il observait avec dégoût, sans savoir s'il devait la jeter au loin ou la garder pour ne rien rajouter à la désolation générale – c'était révoltant. Gould vint s'asseoir près de moi et me rappela à l'ordre en murmurant : « Souvenez-vous que la morale n'a rien à faire ici ! Cette catastrophe a déjà eu lieu, nous n'y sommes pour rien et n'avons pas le pouvoir de la réparer. Laissez donc là votre mauvaise conscience. » Je m'efforçai tant bien que mal de réprimer ma nausée ; les sociétaires, eux, ronronnaient de plaisir. C'était très étrange : la vision d'animaux mazoutés, de plages souillées et de lichens dégorgeant de pétrole suscitait chez eux le même type de réactions que la contemplation d'images pornographiques chez le commun des mortels. Les connaisseurs de marées noires n'étaient pas seulement des pervers : c'étaient en fait des amateurs d'obscénités d'un genre spécial, comparables aux érotomanes raffinés qui n'ont de goût que pour les perversions sophistiquées.

À mon grand émoi, je m'aperçus d'ailleurs que je me prenais au jeu : après chaque image j'en attendais une autre en espérant qu'elle serait plus atroce, après chaque gros plan j'en voulais un autre encore plus rapproché, à chaque flaque de pétrole je souhaitais que la suivante soit plus large, grasse et répugnante, et que des hommes impuissants la regardent en ne sachant comment la détruire ni la contenir. Je tentais de me raisonner, je tâchais d'arracher mon esprit à la fascination et d'éprouver plutôt une saine et sincère réprobation, mais rien n'y faisait : tout comme l'auteur du libelle que m'avait prêté Pierre Gould (lequel à présent se frottait les mains avec frénésie), j'éprouvais « la satisfaction de découvrir qu'une opération qui, d'un point de vue moral, était choquante et ne tenait pas debout, quand on la soumet aux principes du goût, prend la tournure d'un exploit de grand mérite ». Le carrousel d'images pétrolières tourna encore plusieurs minutes, après quoi la projection prit fin. Écœuré et transporté tout à la fois, je ne pus m'empêcher de joindre mes applaudissements à ceux de ces amateurs d'art dégénérés.

*

Quinze jours plus tard, je fus réveillé à deux heures du matin par un coup de téléphone. C'était Gould, surexcité.

– Il y en a une, dit-il, on vient de l'annoncer à la radio. Elle est énorme ! En Espagne ! Il faut que vous voyiez ça !

Il me résuma les événements : un pétrolier sud-africain s'était échoué la veille sur les brisants, non loin du cap Finisterre ; ses citernes s'étaient déchirées et des dizaines de milliers de litres de pétrole raffiné se répandaient dans l'océan. Si les courants étaient favorables, les premières galettes atteindraient les côtes espagnoles le lendemain ; la SCMN avait immédiatement organisé un voyage pour assister au désastre.

– Nous passerons vous prendre à six heures. Prenez le moins de bagages possible, nous serons serrés.

– Six heures ? Mais enfin, c'est impossible !

– Vous appellerez votre patron et direz que vous êtes souffrant. Vous n'aurez sans doute jamais l'occasion de revoir un pareil chef-d'œuvre.

Et il raccrocha.

À l'heure dite, Gould et huit autres admirateurs de marées noires se trouvèrent à ma porte. Je leur proposai un café, mais ils déclarèrent que nous n'avions pas de temps à perdre. Je pris donc mon sac de voyage et grimpai à bord du minibus de la SCMN. Nous démarrâmes.

Ce fut un voyage endiablé ; il régnait une atmosphère de fête qui me rappela les classes de neige de mon enfance. Philippe, à l'avant, indiquait la route à Pierre, notre chauffeur. On me mit dans les mains un téléphone pour appeler mon chef d'équipe : « Je suis au lit, grippé... » Autour de moi, les sociétaires pouffaient en silence, et tout le monde éclata de rire lorsque je raccrochai. Nous arrivâmes bientôt à Lille. Toutes les deux heures, nous changions de conducteur. Pour tromper la monotonie des paysages autoroutiers, Philippe proposa de chanter ; nous nous sommes mis à brailler comme des hussards, avant de nous livrer à un concours brillamment remporté par Vincent, impayable dans son imitation du président de la Shell. Lorsque nous atteignîmes Paris, Herbert, qui avait pris le volant, nous conseilla de nous taire et de nous reposer. Nous dormîmes jusqu'à Orléans, où nous fîmes escale pour déjeuner, changer à nouveau de chauffeur et passer à la pompe. Toutes les demi-heures, nous écoutions la radio pour suivre les derniers progrès de la pollution, en espérant que le pétrole n'atteindrait pas la côte avant nous.

Vers dix-huit heures, nous franchîmes la frontière espagnole. Voyant les panneaux indicateurs pour San Sebastián et Bilbao, Pierre explosa de joie : « Je sens déjà l'odeur du mazout ! » Nous fîmes halte à Durango pour dîner, finîmes les calissons de Pierre et remontâmes dans le minibus pour la dernière étape. Nous étions très fatigués mais, sans en avoir conscience, gagnés par l'excitation, tous – moi comme les autres – impatients d'atteindre au but. « J'espère que nous arriverons avant la tombée de la nuit », murmura Vincent. Plus nous approchions de la côte, plus mes camarades devenaient graves. Arrivés à Buelna, on n'entendait plus que les indications laconiques du copilote et le murmure indistinct de la radio, que nous avions laissé allumée au cas où tomberait une information importante. Fébriles, les connaisseurs se préparaient à vivre l'une des plus belles émotions de leur existence.

Enfin, au terme d'un voyage de mille neuf cents kilomètres, nous touchâmes au but : le cap Finisterre. La nuit était claire. Nous avions bon espoir de voir le pétrole arriver sur la plage. Nous ne savions pas où il débarquerait, et nous roulâmes une vingtaine de minutes sur des routes côtières à l'affût de voitures de police, de véhicules de chantier ou de groupes d'écologistes qui nous signaleraient la proximité du point d'accostage. J'étais épuisé et je pensais qu'il serait raisonnable de chercher un hôtel ; je savais néanmoins que mes camarades ne connaîtraient pas le repos avant d'avoir trouvé ce pétrole dont ils flairaient la présence. À deux heures du matin, nous distinguâmes un attroupement et vîmes de la lumière sur la plage en contrebas. Gould, qui avait repris le volant aux alentours de Muxía, enfonça la pédale de frein, gara le minibus sur le bas-côté et, euphorique, courut vers la mer en poussant des hourras. Il y avait beaucoup de monde sur les dunes ; dans un anglais approximatif, Vincent et moi demandâmes à deux passants si le pétrole était déjà là. Ils opinèrent et firent de grands gestes pour nous indiquer l'ampleur de la catastrophe tandis que Gould, essoufflé, nous hélait en nous pressant de le rejoindre.

Nous arrivâmes enfin sur la plage. Le spectacle était à couper le souffle. Partout autour de nous s'affairaient des gens en combinaison de caoutchouc, semblables à des cosmonautes ; des bulldozers vrombissaient, des camions tractaient les remorques où l'on jetterait les galettes recueillies à la pelle. Devant nous, les vagues charriaient les premières plaques de fioul ; malgré l'obscurité, on distinguait la boue noire et collante qui recouvrait lentement le sable blond. Les sociétaires et moi contemplions la scène, émus, et je dois avouer que je trouvai cela magnifique. Mieux, je compris que j'avais adopté l'art poétique des connaisseurs de marées noires dans toute sa radicalité : je voyais tous ces gens s'affairant à nettoyer la souillure, je savais que la catastrophe ruinerait pour vingt ans le paysage, mais je n'en éprouvais plus ni peine ni remords. Que pouvais-je faire pour contenir le mazout ? Mes deux bras et ma bonne volonté étaient débiles face aux tonnes de fioul qui se déverseraient durant des semaines sur la côte, aux millions de galettes poisseuses que l'on ramasserait durant des mois. Il fallait se rendre à la raison : à défaut de pouvoir sauver le cap Finisterre, je pouvais du moins contempler la beauté du spectacle. La brochure de Gould me revint en mémoire : « Ce fut sans nul doute un triste événement, un très triste événement ; mais, quant à nous, nous n'y pouvons rien. Dès lors, tirons le meilleur parti possible d'une mauvaise affaire ; et, comme il est impossible, fût-ce en la battant sur l'enclume, d'en rien tirer qui puisse servir une fin morale, traitons-la esthétiquement et voyons si de la sorte elle deviendra profitable. »

Lequel d'entre nous éclata de rire le premier, je ne m'en souviens plus. Toujours est-il que ce rire nous contamina et nous tira quelques larmes de bonheur. Je fus le premier à ôter mes chaussures, à remonter mon pantalon et à m'élancer vers les vagues. Mes camarades m'imitèrent, et nous courûmes dans le pétrole comme des enfants dans la neige fraîche. Je me souviens de la sensation délicieuse de mes pieds trempant dans la glu noire et des clapotements obscènes de mes pas sur le sable. Stupéfaits, les gens nous regardaient nous égayer dans la bauge immonde qu'était devenu l'océan, criant, gloussant et jetant vers le ciel des caillots de pétrole aggloméré dans le fol espoir de salir jusqu'à la lune immaculée.

Mélanges amoureux

Édouard Renouvier louait à l'année une chambre au troisième étage d'un hôtel tout proche de la banque qui l'employait. C'était un homme riche, indifférent au coût de cette location. Du reste, l'hôtel n'était pas d'un grand standing ; on était loin des palaces où descendait Renouvier quand il voyageait pour ses affaires. Que l'endroit fût sans luxe lui importait peu ; ce qui comptait, c'était que l'hôtel fût proche de son bureau et qu'il pût se rendre de l'un à l'autre à pied, en quelques minutes. Qu'on y entrât par une rue peu fréquentée lui était également agréable, car il appréciait la discrétion ; les raisons pour lesquelles il s'y rendait trois fois par semaine en exigeaient une certaine dose.

Sans doute le lecteur imagine-t-il déjà un Renouvier fainéant qui, entre deux rendez-vous, abandonnait son poste pour aller faire un somme ; à moins qu'il ne pense, hypothèse plus incongrue, que Renouvier se livrait à des trafics et utilisait sa chambre comme dépôt pour les liasses de billets qu'il volait à sa banque. La vérité était plus simple : malgré son âge (il allait avoir soixante ans), Renouvier était très don Juan ; il avait une femme et trois maîtresses et s'obstinait à les aimer toutes en même temps, ce qui impliquait une organisation rigoureuse de son temps.

Après une longue période de rodage, il avait mis sur pied le système suivant, qu'il trouvait fort commode. Chaque semaine, il réservait trois jours à sa famille et trois jours à ses maîtresses ; quant au dimanche, il le passait seul dans le bungalow qu'il avait fait construire auprès de l'étang que lui avait légué son père et s'y livrait à sa passion, la pêche – activité qui, selon lui, nécessitait la plus absolue solitude. Le lundi soir, donc, il voyait Hélène, étudiante en philosophie de vingt-six ans qui lui parlait d'Aristote et d'Hegel après qu'ils avaient fait l'amour. Le mercredi soir, c'était Isabelle, professeur de mathématiques de trente-huit ans dont l'allure austère et le visage froid, bien en harmonie avec la rigueur de sa discipline, cachaient une amante d'une sensualité débridée. Le vendredi soir, Renouvier retrouvait Paulina, veuve d'un collègue mort quelques années plus tôt dans un accident de voiture sur les hauteurs de Monaco ; elle était plus vieille que lui mais, des trois, était celle pour laquelle il éprouvait le plus de désir. Comme elle goûtait la littérature et les choses dramatiques, il lui avait offert le roman de Jouve, *Paulina 1880*, pensant qu'elle aimerait découvrir qu'un beau livre portait son nom. Elle le connaissait déjà, mais avait feint la surprise ; et, durant les moments délicieux qui suivaient leurs ébats, elle le sortait parfois de son sac pour en lire quelques lignes tandis qu'il lui embrassait les épaules, la nuque et les cheveux. Les mardis, jeudis et samedis soir, enfin, Renouvier les passait avec son épouse Élise et son fils Martin, dans leur appartement de l'avenue Montaigne.

À toutes ses femmes il mentait effrontément. Il expliquait à Élise qu'il était débordé et qu'il fréquentait des cercles et des clubs politiques où il rencontrait des gens haut placés et construisait sa carrière. Soucieuse que son mari cultivât des relations, Élise acceptait qu'il fût absent trois soirs par semaine. À ses trois amantes, Édouard faisait miroiter des déplacements à son bureau de New York et des réunions au Proche-Orient. Il s'en tirait bien car il était bon menteur et inspirait la confiance – une qualité primordiale dans son métier. Ainsi la jeune Hélène était-elle persuadée qu'il ne passait à Paris que deux jours par semaine, courant le reste du temps dans les capitales du monde pour ses affaires ; qu'il consacrât une soirée à sa femme et l'autre à sa maîtresse lui paraissait un bon compromis. Isabelle, elle, croyait que Renouvier appartenait à une organisation secrète comprenant des financiers, des énarques et des patrons juifs, idée farfelue qu'elle s'était d'ailleurs formée toute seule, sans que Renouvier n'eût à la lui souffler. Il se contentait de la maintenir dans son illusion en parsemant ses propos d'indices laissant supposer qu'il avait accès à des instances clandestines, inconnues du commun des mortels. Elle en était enchantée, et concevait très bien que cela lui prît tout son temps. Quant à Paulina, elle était la plus facile à manipuler, parce que la plus naïve. Qu'ils ne se vissent qu'un jour par semaine ne la dérangeait pas : elle supposait que Renouvier avait de bonnes raisons de n'être pas disponible, que ces raisons avaient trait à ses affaires et que ses affaires ne la regardaient pas – ni ne l'intéressaient, pour tout dire. Pour Renouvier, cette confiance était d'un grand réconfort ; il y voyait la preuve de leur entente et, surtout, se trouvait dispensé d'avoir à inventer de nouvelles justifications.

Notre banquier vivait ainsi entre quatre femmes et s'en trouvait bien ; pour rien au monde il n'eût changé sa façon de vivre, et lui eût-on imposé de choisir parmi ses amantes qu'il eût été très embarrassé. Souvent il y songeait : qu'adviendrait-il s'il n'était plus capable de mener de front ses quatre vies ? S'il devait en abandonner une, à quelles lèvres serait-il le mieux capable de renoncer, quelle voix accepterait-il de ne plus entendre ? Il ne parvenait pas à répondre ; les yeux d'Isabelle lui étaient aussi indispensables que les cheveux d'Hélène, les seins de Paulina que le parfum d'Élise. Il n'avait d'ailleurs pas l'impression d'être polygame, car chaque histoire était compartimentée, de sorte qu'il ne se considérait jamais que comme l'amant d'une femme à la fois – Hélène le lundi, Isabelle le mercredi, Paulina le vendredi et Élise les autres jours. Son cœur était comme un semainier bien rangé, avec une relation dans chaque tiroir ; lorsqu'il en ouvrait un, il ne pensait plus aux autres.

De fait, Renouvier eût été très décontenancé si les sentiments du lundi étaient venus à se mélanger à ceux du jeudi, ou si le tiroir du mardi s'était retrouvé à la place de celui du mercredi. Qu'un tel désordre survînt paraissait impossible, vu le soin qu'il mettait à faire en sorte qu'Isabelle, Hélène et Paulina restassent dans leur casier et ne soupçonnassent pas leur existence mutuelle. C'est pourtant ce qui s'est produit, ainsi qu'on va le raconter maintenant.

*

Tout commença un lundi de janvier, peu après les fêtes. Renouvier avait quitté son domicile de l'avenue Montaigne à huit heures et était arrivé à sa banque quinze minutes plus tard. Il avait travaillé jusqu'à onze heures vingt puis bu un café avant de se rendre à une réunion qui dura jusqu'à midi quarante ; il déjeuna ensuite avec ses collègues dans un restaurant du quartier. Il rentra à quatorze heures et travailla sans interruption jusqu'à dix-huit heures cinquante-quatre. Alors, précis comme un soldat en manœuvre, il ferma ses dossiers, enfila son manteau, sortit de son bureau et prit l'ascenseur pour le rez-de-chaussée ;

arrivé dans le grand hall d'entrée, il s'engouffra dans la porte à tambour et se retrouva dans la rue. Il marcha quatre minutes et, à dix-huit heures cinquante-neuf, pénétra dans l'hôtel dont nous parlions plus haut ; il salua le réceptionniste, grimpa deux volées de marches et, au bout d'un couloir étroit, ouvrit la porte de sa chambre au son lointain d'une horloge qui sonnait dix-neuf heures. Hélène était nue, étendue sur le lit, et lisait un livre de philosophie.

– Sept heures précises, dit-elle. Kant n'était pas plus ponctuel.

– Il avait surtout beaucoup moins de chance, répondit Renouvier en se penchant vers elle pour l'embrasser.

– Et pourquoi ?

Elle passa une main sous la chemise de Renouvier et commença d'en défaire les boutons.

– Le pauvre homme est mort vierge, non ? dit-il.

– Ça n'en fait pas un mauvais philosophe.

– Il aurait donné sa gloire et son génie pour un quart d'heure dans tes bras.

Renouvier se laissa déshabiller et fondit sous les caresses de la plus jeune de ses maîtresses ; ils firent l'amour puis somnolèrent quelques instants avant de commencer leurs bavardages. Ce fut – comme toujours – une conversation décousue, où les compliments amoureux voisinaient avec les pensées philosophiques. Renouvier était assis à demi, le dos contre les oreillers qu'il avait entassés à la tête du lit ; Hélène s'était blottie près de lui, la joue dans son épaule. À l'autre bout de la pièce, face au lit, se trouvait une coiffeuse dont le miroir était relevé. Renouvier s'y vit en reflet. Hélène se redressa alors pour poser un baiser sur sa joue. Le miroir ne montra pas son reflet à elle, mais celui de Paulina – l'amante du vendredi. Croyant à une hallucination, Renouvier ferma les paupières et les rouvrit : c'était bien Paulina qu'il voyait dans la glace, et non Hélène qui se tenait près de lui. Les battements de son cœur accélérèrent ; il eut un instant de panique. À ce moment, Hélène voulut se lever pour aller à la salle de bains ; il la retint par le poignet, craignant qu'elle vît dans le miroir ce visage qui n'était pas le sien, et l'attira contre lui en disant qu'il voulait la caresser encore. Sans cesse son regard allait d'Hélène au miroir, et chaque fois le prodige recommençait : le miroir recevait l'image d'Hélène et renvoyait celle de Paulina. Quel était ce mystère ? Renouvier était doublement effrayé – par la dimension surnaturelle du phénomène d'abord, par l'idée qu'Hélène découvrît Paulina ensuite. À force de jérémiades, il la convainquit de commencer d'autres ébats ; pour qu'elle ne vît pas la coiffeuse, il attira Hélène sous le drap. Et lorsqu'ils eurent terminé, il sortit précipitamment du lit pour rabattre le miroir. Très troublé, il préféra écourter sa soirée avec Hélène en prétextant un mal de tête, et promit pour se faire pardonner qu'il l'emmènerait dîner le lundi suivant. Ils quittèrent la chambre vers vingt et une heures, non sans que Renouvier eût posé sur le battant de la coiffeuse un annuaire téléphonique trouvé dans la table de chevet afin d'empêcher qu'il se relève par sorcellerie.

Plutôt que de rentrer chez lui, il retourna à la banque et, du minibar de son bureau, sortit une carafe de whisky pour s'en servir un verre qu'il but d'une traite. Puis il tenta de rassembler ses esprits et, pour évacuer son angoisse, décida de s'absorber dans son travail. Il passa une demi-douzaine de dossiers en revue et ne quitta la banque qu'à minuit, lorsque la fatigue fut trop grande pour qu'il pût travailler encore. Il prit un taxi et regagna son appartement, où son fils dormait et où sa femme ne l'attendait pas – elle était membre de toutes sortes d'associations et se trouvait comme chaque lundi à la réunion d'un club féminin dont les buts lui restaient obscurs. Il fit une toilette rapide et se glissa dans son lit. À Élise qui, lorsqu'elle rentra vers deux heures, le réveilla en lui demandant pourquoi il n'était pas à Londres comme prévu, il répondit que sa réunion avait été reportée. Puis il se rendormit.

*

Renouvier repensa dès son réveil à l'incident de la veille. Il supposa qu'il avait été victime d'une hallucination causée par la fatigue et résolut de prendre bientôt quelques jours de vacances. Il prit son petit déjeuner avec Martin, puis réveilla Élise. À huit heures, il passa son manteau, embrassa femme et enfant puis fila à la banque. Ce fut une journée sans temps mort, durant laquelle il ne pensa qu'à son travail ; l'affaire du miroir sortit tout à fait de son esprit.

Le lendemain, à dix-huit heures cinquante-quatre, comme tous les mercredis, il quitta son bureau et rejoignit Isabelle à l'hôtel, selon le parcours que nous avons déjà décrit. Une fois dans la chambre, entièrement occupé par l'idée des plaisirs qui allaient suivre, il n'eut d'yeux que pour la mathématicienne qui lui tendait les bras et ne prêta aucune attention à la coiffeuse dont le battant était levé.

Passons sur les vingt-huit minutes qui suivirent et venons-en à l'instant où Renouvier, haletant, se déprit des bras d'Isabelle pour gagner la salle de bains. Ses yeux se posèrent sur le miroir de la coiffeuse. Il y vit non pas le corps nu d'Isabelle étendu sur le lit mais celui d'Hélène, allongé dans la même position. Pris de vertige, Renouvier dut s'appuyer contre le mur pour ne pas tomber. Inquiète, Isabelle lui demanda si tout allait bien ; il rabattit violemment le miroir, horrifié à l'idée qu'elle découvre le reflet. Il s'enferma ensuite dans la salle de bains et passa son visage sous l'eau froide. Lorsqu'il se vit dans le miroir installé au-dessus du lavabo, il ne put s'empêcher de sursauter. Que lui arrivait-il ? Il se demanda si le phénomène dont il était victime était imputable à la faiblesse de son esprit ou à la malice de la coiffeuse ; le meuble avait-il décidé de le punir pour sa vie dissolue, ou bien ses visions étaient-elles l'effet d'une rebuffade de son inconscient, fatigué par les mensonges qu'il faisait à ses quatre femmes ? Blême, il sortit de la salle de bains et se recoucha. À vingt-deux heures, il annonça à Isabelle qu'il ne pouvait dormir à ses côtés et promit pour se faire pardonner ce qu'il avait déjà promis l'avant-veille à Hélène – un dîner. Il retourna à son bureau et, après quelques instants, prit son téléphone et composa le numéro de l'hôtel qu'il venait de quitter.

– Hôtel de Norvège, bonsoir.

– Édouard Renouvier à l'appareil.

– Oh, bonsoir, Monsieur. Que puis-je pour votre service ?

– Il y a dans ma chambre un meuble que j'aimerais voir enlevé. C'est une coiffeuse, installée contre le mur qui fait face au lit et munie d'un miroir rabattable.

– Oh, je vois, Monsieur. Une coiffeuse des années 1920, assez semblable à celles que dessinait Ruhlmann, je crois.

– Sans doute. Puis-je vous demander de la faire enlever dès que la dame qui occupe en ce moment la chambre sera partie ?

– Certainement, Monsieur. Je m'en occupe. Désirez-vous que nous la remplacions par un autre meuble ?

– Mettez ce que vous voulez à la place, ça m'est indifférent.

– Très bien, Monsieur. Autre chose ?

– Non, ce sera tout. Au revoir.

– Au revoir, Monsieur.

Renouvier faillit raccrocher, mais se ravisa.

– Un instant !

– Oui, Monsieur ?

– Je ne veux plus de coiffeuse.

– Pardon ?

– À la place de la coiffeuse. N'importe quel meuble, mais pas d'autre coiffeuse.

– Très bien, Monsieur.

– Pas d'autre coiffeuse, répéta Renouvier, *ni aucun meuble qui aurait un miroir*.

– Entendu, Monsieur.

Le banquier se laissa tomber dans son fauteuil, songeur. Il se demanda s'il n'y avait pas quelque chose de ridicule – et de fétichiste, aussi – dans le fait d'incriminer un meuble ; sans doute eût-il été plus avisé de consulter un médecin et de lui faire part des visions qu'il avait eues. L'évacuation de la coiffeuse lui procurait néanmoins du soulagement ; il n'avait jamais cru aux fantômes, mais serait plus tranquille lorsque le meuble aurait disparu. Satisfait, il songea à son rendez-vous du surlendemain et se dit qu'aucun mystère ne viendrait troubler sa prochaine soirée adultère. Renouvier aimait surmonter ses problèmes. La pratique des affaires lui avait donné l'habitude de ne jamais remettre à plus tard ce qu'il pouvait faire sur-le-champ, et celle de ne jamais céder avant d'avoir épuisé ses recours. Le miroir de la coiffeuse lui jouait-il des tours ? Il le faisait enlever. Plus de coiffeuse, plus de miroir ; plus de miroir, plus de reflet. Rasséréné, il se plongea dans le travail et ne rentra chez lui que tard dans la nuit.

*

Son premier regard, lorsqu'il entra dans sa chambre le vendredi à dix-neuf heures, ne fut pas pour Paulina qui l'attendait mais pour le mur qui faisait face au lit ; il constata que la coiffeuse avait été enlevée, et qu'on l'avait remplacée par une commode moderne, faite dans un bel acajou de Cuba. Satisfait, il sauta sur Paulina et l'embrassa avec fougue ; enchantée, elle le pressa d'ôter ses vêtements. Après l'amour, elle proposa qu'ils prennent un bain – caprice qu'elle avait souvent et qui ne déplaisait pas à Renouvier, bien qu'il trouvât inconfortable de se trouver à deux dans la même baignoire. Paulina fit couler l'eau en y jetant des sels, Renouvier étendit des serviettes sur le radiateur. Dans le miroir fixé au-dessus du lavabo, il vit le dos nu d'une femme qui, à son grand soulagement, était bien Paulina ; foin d'Hélène, d'Élise et d'Isabelle, l'image et la réalité correspondaient de nouveau. Mais cette fois-ci, c'était son reflet à lui qui n'allait plus : au lieu de son visage habituel, il découvrit celui d'un homme d'une soixantaine d'années qu'il reconnut aussitôt – c'était Georges, le mari mort de Paulina. Stupéfait, il s'écroula.

– Édouard ! Que se passe-t-il ? s'écria Paulina.

– Je ne me sens pas très bien, murmura-t-il.

Il ne savait quoi dire : devait-il lui expliquer que les traits de feu son époux venaient d'apparaître en lieu et place des siens dans le miroir, et que tous les reflets qu'il voyait dans cette chambre depuis cinq jours échappaient à la logique ? Elle l'aida à marcher jusqu'au lit. Sa respiration était rapide ; elle craignit qu'il fît un malaise.

– Veux-tu que j'appelle un médecin ?

– Non, c'est inutile. Un peu d'air frais, c'est tout…

Sans enfiler son peignoir, elle tira les rideaux et ouvrit la fenêtre ; les bruits de la rue envahirent la chambre. Sur le lit, Renouvier contemplait ses mains comme s'il n'était pas certain qu'elles fussent les siennes.

*

Durant les quinze jours qui suivirent, Renouvier ne vit ni Hélène, ni Isabelle, ni Paulina. Il obtint de son médecin qu'il lui prescrive du repos et partit sans sa femme dans sa maison bretonne. Là, devant les rochers que fouettait une pluie froide, il réfléchit aux désordres dont il était la proie et tenta, à défaut d'explication, d'y trouver un peu de cohérence. Repensant aux trois visions faussées qu'il avait eues, il constata que les miroirs de l'hôtel n'avaient reflété que des femmes qu'il avait effectivement aimées, ainsi qu'un homme avec qui Paulina avait partagé sa vie. Quatre histoires d'amour authentiques s'étaient en quelque sorte mélangées. En d'autres termes, les miroirs ne mentaient pas complètement : ils recombinaient simplement les amours et les époques, puis renvoyaient le résultat de leurs jeux au regard de leur victime. Ce qui était étrange, c'était qu'ils fussent parvenus à refléter l'image de Georges, qui était mort depuis dix ans. Aussi bien Hélène, Isabelle et Paulina avaient passé d'innombrables fois devant les miroirs de la chambre, leur laissant un souvenir visuel qu'ils pouvaient régurgiter, aussi bien Georges n'avait jamais mis les pieds à l'hôtel de Norvège, donc jamais été en contact avec eux. Peut-être Paulina avait-elle songé à lui en faisant couler l'eau du bain, permettant au miroir du lavabo de capter l'image de son fantôme ? Renouvier s'abîma dans ses réflexions, désespérant de comprendre la manière dont fonctionnaient ces reflets infernaux. Une question le hantait particulièrement, qui prospérait sur le vieux fonds de superstition qu'il avait gardé de son éducation chez les Frères : ce sortilège était-il la punition du ciel pour sa vie de menteur, de traître et de polisson ? La providence jouait-elle avec ses nerfs comme lui jouait avec ses femmes ? Ou bien sa chambre d'hôtel avait-elle connu jadis quelque événement atroce dont la mémoire suppurait maintenant en jouant de mauvais tours à ses occupants ?

L'hypothèse de la chambre hantée lui parut la plus convaincante, d'autant qu'elle lui évitait d'avoir à mettre son comportement en question. Sitôt rentré à Paris, il téléphona donc à l'hôtel de Norvège et déclara qu'il voulait rendre sa chambre pour en louer une autre. La direction s'inquiéta, voulut savoir s'il la trouvait trop bruyante ou si la literie n'était plus bonne ; il répondit qu'il souhaitait simplement changer d'horizon et de papier peint. On lui trouva donc une autre chambre, en veillant à respecter ses consignes : *il ne devait y avoir aucun miroir ni aucune surface réfléchissante.* À sa demande, le directeur lui fit faire une visite d'inspection, et notre banquier put constater que tout avait été conçu selon ses ordres : pas de coiffeuse ni de miroir, mais un grand lit jouxté d'une armoire en chêne, deux bergères façon Empire, une table basse et un bureau à cylindre qui lui plut beaucoup. Plus spacieuse que la précédente, la chambre était aussi un peu plus chère, mais la tranquillité de ses amours n'avait pas de prix.

Satisfait, Renouvier fit savoir à Hélène qu'il était soigné et que leurs rendez-vous du lundi pouvaient reprendre. Il lui donna aussi le numéro de sa nouvelle chambre. Le lundi suivant, donc, à dix-huit heures cinquante-quatre, Renouvier quitta son bureau et se rendit à l'hôtel où la jeune philosophe l'attendait sur le grand lit défait, vêtue d'une nuisette de mousseline d'un bleu très clair. Pressé de rattraper le temps perdu, il se rua sur elle tandis qu'elle tentait en riant de se soustraire à ses baisers. Elle l'aida ensuite à se déshabiller puis le prit contre elle en ronronnant d'envie.

Une sorte de grincement sinistre se fit alors entendre, qui paralysa les deux amants. La porte de l'imposante armoire installée à gauche du lit s'était ouverte ; à l'intérieur était vissé un gigantesque miroir qui refléta le corps nu de Renouvier et, sous lui, celui d'une femme qui n'était pas Hélène mais Élise. Effrayée de voir dans le miroir un visage de femme inconnu, Hélène hurla ; hébété, Renouvier la laissa vagir et pleurer sans pouvoir quitter des yeux ce miroir qui l'avait de nouveau trahi.

*

Cette quatrième apparition provoqua la fin des amours adultères d'Édouard Renouvier. Convaincu qu'une puissance maléfique cherchait à lui faire payer son manque de droiture morale et les mensonges qu'il faisait à ses femmes depuis des années, il cessa tout commerce charnel hors des liens du mariage et jura de ne plus jamais mettre un pied à l'hôtel de Norvège. Quatre visions, c'était assez ; qu'arriverait-il s'il poursuivait ses rendez-vous libertins ? Des poignards tomberaient-ils du plafond ? Du poison se mêlerait-il à son vin ? Ses bains avec Paulina se termineraient-ils en noyade ? À chacune de ses maîtresses, il écrivit une lettre dans laquelle il leur demandait confusément pardon pour le mal qu'il avait fait, leur signifiait la fin de leur relation et les suppliait de ne pas chercher à le revoir. Puis il rentra chez lui et se jeta aux pieds d'Élise pour montrer aux esprits malins qui le harcelaient qu'il revenait dans le droit chemin et comptait honorer sa femme autant et plus qu'il l'avait déshonorée jusque-là.

Le souvenir de ses mésaventures le poursuivit durant plusieurs mois. Pour se racheter, il couvrit Élise de fleurs et de bijoux. Souvent il songeait à ses anciennes amantes, très tenté de les revoir, mais il s'efforçait d'évacuer ces pensées impures. Une seule fois, il regretta de n'avoir plus sa chambre, car il y avait à la banque une nouvelle secrétaire qui lui plaisait beaucoup ; mais il résista à l'envie de violer la règle qu'il s'était imposée.

Ce soir-là, Élise et lui firent l'amour. Alors qu'il ondulait en elle, son attention fut attirée par un point brillant dans la chambre, émanant de la commode où Élise exposait les objets d'art qu'elle façonnait dans ses ateliers d'émaillage. C'était un miroir entouré d'un cadre de bois sculpté, qu'il voyait pour la première fois. Il en fut si troublé qu'il s'immobilisa. Élise lui demanda ce qu'il lui arrivait.

– Ce miroir… D'où sort-il ?

– Oh ! répondit-elle. Je l'ai acheté cet après-midi chez l'antiquaire de la rue Marceau. Il vient du château d'Haroué. Il est joli, n'est-ce pas ?

Renouvier se leva et s'approcha de l'objet avec l'impression que des rais de lumière en émanaient, ainsi qu'une forte chaleur. Il devinait déjà ses intentions et savait que, s'il ne s'en débarrassait pas, il ne tarderait pas à y voir les visages des trois femmes qui avaient encorné son épouse, laquelle les verrait elle aussi. Le cœur battant, il ferma les yeux, s'empara du miroir, ouvrit la penderie et le glissa sous ses chemises.

– Mais que fais-tu ? demanda Élise.

– Les miroirs m'angoissent, dit-il avant de la rejoindre.

Plus tard, lorsqu'elle se fut endormie, il se leva de nouveau et récupéra le miroir qu'il brisa avant d'en jeter les éclats aux ordures, sans oser y jeter un coup d'œil. Il se recoucha soulagé, ignorant que ses précautions étaient inutiles : ce miroir-là n'en avait pas après lui mais après Élise qui, comme il l'aurait su s'il avait bien voulu voir les visages masculins qui s'y reflétaient en grand nombre, n'avait pas perdu son temps durant toutes ces années.

Chroniques musicales
d'Europe et d'ailleurs

L'invention de Gaudi
(*Belgique, 1930*)

C'est donc mardi soir que M. Gaudi, devant les mille huit cents spectateurs du Théâtre royal (la foule des grands jours : on jouait à guichets fermés et les naïfs qui voulurent croire au miracle en se présentant sans billet sont repartis déçus), a enfin présenté l'invention dont parlaient depuis des semaines et des mois les mélomanes de toute l'Europe – sans savoir exactement en quoi elle consistait. Les rumeurs les plus folles ont couru, partout des malins prétendaient savoir ce dont avait accouché l'imagination du compositeur italien ; on a parlé d'un opéra écrit selon une méthode toute nouvelle, d'une manière insolite de diriger l'orchestre, d'un dispositif d'avant-garde qui révolutionnerait la musique pour les décennies à venir. Les détracteurs de l'artiste, qui, on le sait, sont nombreux (rappelons que nous avons nous-mêmes agoni dans ces colonnes ses abominables poèmes symphoniques et son célèbre *Concerto comestible*), haussaient quant à eux les épaules en affirmant qu'ils n'attendaient rien d'autre de Gaudi qu'une mystification à l'usage des snobs et des pauvres d'esprit. C'est dire si les pronostics allaient bon train dans la salle ; rarement dans ma carrière j'ai vu un public si impatient, si excité, si concentré sur l'œuvre qu'il allait découvrir et qui occupait toutes les conversations, sans laisser aucune place à des considérations qui ne touchent pas à la musique ou à l'art.

Les lumières s'éteignirent enfin. Lentement le rideau se leva ; un spectacle à couper le souffle nous apparut alors. Sur la scène s'étalait un monstre improbable et fabuleux ; c'était une sculpture colossale et hétéroclite, composée des matériaux les plus divers – des bois de plusieurs sortes, de la ferraille et des tuyaux en caoutchouc ; il y avait aussi deux bassines remplies d'eau claire, des cordes tendues comme sous les voiles d'un galion, des plaques de cuivre disposées en spirale et une batterie d'accessoires tout à fait indescriptible. Mais le plus extraordinaire était l'énorme cheminée courbée qui couronnait la chose et culminait à trois ou quatre mètres en s'évasant, comme les puits d'aération qui surmontent les ponts des paquebots. Une rumeur parcourut la salle : tout le monde se demandait à quoi allait servir ce mastodonte, s'il s'agissait du décor ou de l'instrument, et si Gaudi pouvait en tirer des sons. Était-ce un automate qui allait s'ébranler, comme semblaient l'indiquer les engrenages et les roues dentées qu'on voyait à sa base ? La confusion était totale. Certains spectateurs crurent à une plaisanterie ; il y eut des sifflets. Près de moi, un confrère se demanda en quels termes il allait pouvoir décrire dans son papier du lendemain le mammouth inerte qui attirait tous les regards. Les ricanements et les huées se seraient sans doute multipliés si Antonio Gaudi n'avait fait irruption sur la scène, fidèle à lui-même avec ses cheveux en pagaille et son habit mal coupé. Le silence se fit. Le maestro se tint un instant debout face à sa bête ; on eût véritablement dit un dompteur devant son éléphant. « Merci à tous d'être là », lança-t-il avec son accent savoureux. « C'est un jour particulier pour moi : pour la première fois, le gaudiophone va être utilisé en public. » Murmures dans la salle (« Le quoi ? »). « Cet instrument de musique extraordinaire a été imaginé et construit par moi au cours des cinq dernières années. Il s'agit d'un instrument *total*, qui rassemble et combine toutes les techniques de production du son. Je précise qu'il ne fonctionne pas à l'électricité. J'ai composé pour lui plusieurs œuvres qui exploitent ses capacités. Vous allez en entendre quelques-unes ce soir. J'espère que d'autres compositeurs écriront à l'avenir pour le gaudiophone, et qu'ils tireront le meilleur parti de ses ressources. Je vous remercie. »

Il y eut quelques applaudissements polis. Gaudi se tourna vers le monstre et prit une longue inspiration. Un tabouret était disposé devant lui. À la surprise générale, il ne s'y assit pas mais monta dessus, comme pour changer une ampoule ; puis il entreprit d'incompréhensibles manœuvres sur le flanc du gaudiophone, lequel réagit en produisant le son plaintif d'un violoncelle. On ne voyait rien de ce que trafiquait le musicien, mais on devinait la présence d'un panneau de commande grâce à quoi il actionnait les mécanismes de l'instrument. Il descendit ensuite du tabouret et contourna l'engin par l'arrière. La lumière jaillit d'un projecteur, et l'on vit un clavier incorporé dans le mastodonte ainsi qu'un tuyau flexible dont Gaudi prit l'embout entre ses lèvres. Ses joues se gonflèrent ; il souffla dans le tuyau et obtint un son d'un volume sidérant. À défaut de meilleure comparaison, je dirais que cela ressemblait à une cornemuse – mais une cornemuse si bruyante et si puissante que sa poche aurait été gonflée par un typhon plutôt que par de vaillants poumons écossais. Nous étions fascinés ; sans doute les plus sensibles, notamment les femmes, ont-ils cru l'espace d'un instant que leur dernière heure était arrivée – j'avoue avoir moi-même songé à l'apocalypse avant que le bruit décline et se stabilise en une sorte de bourdon.

L'artiste raccrocha le tuyau à un crochet puis fixa son clavier et mima quelques gammes au-dessus des touches, comme un golfeur qui répète son geste avant le swing. J'aperçus alors sous le clavier un jeu de pédales semblable à celui des grandes orgues ; Gaudi se mit à pomper frénétiquement en agitant les pieds sans que cela produise aucun son, ce qui m'inquiéta un peu. Enfin, après un petit mouvement de la tête, il plaqua le premier accord. Ce fut extraordinaire : ondoyant, indescriptible, le son du gaudiophone était tout bonnement miraculeux ; il nous projetait sur une autre planète, pour ne pas dire dans une autre dimension. Il faut l'écrire ici en espérant être pris à la lettre : ce que nous entendîmes était inouï, absolument *inouï*. C'était comme un orchestre qu'on aurait entendu au loin, mais dont on distinguait pourtant la moindre note, et même jusqu'aux cordes en vibration, au crissement des crins sur chaque corde, au souffle des musiciens, aux battements de leur cœur. Le temps semblait suspendu ; nous voguions à demi conscients sur un océan de musique en voyant Gaudi qui ramait nonchalamment sur son instrument, nous menant là où il le voulait avec une assurance tranquille. À quoi tenait au juste la magie qui se produisait là, devant nous ? Étions-nous envoûtés par la splendeur de la partition, par le caractère insolite des sonorités ? Je n'ai pas de réponse à ces questions, pas plus que je ne sais combien de temps nous passâmes ainsi en orbite, détachés de toute préoccupation terrestre, comme sortis de nos corps et libérés de nos angoisses.

Eh bien, me direz-vous, c'est donc à un miracle qu'ont assisté les spectateurs du Théâtre royal ? Sans doute en aurais-je convenu si le concert s'était arrêté là ; hélas, trois fois hélas, la suite fut beaucoup moins glorieuse, et c'est même à un véritable cataclysme que nous assistâmes. Voici ce qui arriva. Les choses commencèrent à se détraquer lorsqu'un petit bruit discordant vint s'immiscer dans l'exquise musique du gaudiophone. C'était infime, mais gênant. Gaudi continuait pourtant de jouer comme si de rien n'était, avec une fièvre spectaculaire ; ses doigts couraient sur le clavier avec une virtuosité qu'on ne lui connaissait pas (ses piètres qualités de pianiste n'ont jamais été un mystère pour personne), ses pieds actionnaient les pédales qui s'étendaient sous l'instrument, sa main tirait de temps à autre sur une ficelle et la sonorité intruse ne semblait pas le déranger le moins du monde. Peut-être ne l'entendait-il pas ?

Elle augmenta cependant en volume, devenant aussi nette que toutes les autres et les couvrant même par moments. Dans le même temps, des mugissements se mirent à sortir des soupapes situées sur les côtés de la cheminée centrale, comme si un saxophoniste s'était ingénié à hurler dans son instrument pour produire un canard au début de chaque mesure. La mélodie coulait encore là-dessous, mais il fallait pour l'entendre faire abstraction de ces bruits perturbateurs. Il devint bientôt impossible de se concentrer sur elle tant on était distrait par les cris, les grincements, les sirènes et les craquements qui provenaient de toutes les faces du gaudiophone. Alors qu'aucun spectateur n'avait parlé depuis le début du concert, des murmures commencèrent de parcourir la salle. Soudain, Gaudi éclata de rire – un rire nerveux et sardonique, le rire d'un possédé ou celui d'un vicieux qui découvre une fille nue dans la rivière et prépare un mauvais coup. Je frissonnai ; il n'y avait plus rien de commun entre le visage serein qu'arborait Gaudi au début du concert et celui, crispé, qui était le sien à présent. Fallait-il penser que tout était normal, ou qu'un incident s'était produit – dans le monstre ou dans son cerveau – qui avait corrompu son œuvre et la conduisait au galop vers l'abîme ? Nous observions la progression du désastre. Gaudi s'agitait, transpirait, reniflait comme un grippé en cognant frénétiquement sur son clavier. Le gaudiophone tremblait ; les sons toujours plus effarants qui émanaient de ses clapets s'accompagnaient maintenant de nuées de poussière et de petits débris qui tournoyaient dans l'air. Certains parmi nous se bouchèrent les oreilles pour se protéger de ses sifflements suraigus. D'un coup, une gigantesque plaque de bois se détacha de l'instrument et s'écrasa sur le sol. Je voulus quitter la salle, mais je me sentis rivé à mon fauteuil par une sorte de puissance irrésistible.

Après dix minutes de cet enfer, il devint évident que le gaudiophone ne survivrait pas à la représentation. Des blocs en tombaient comme d'un château qui s'effrite, l'ensemble donnant l'impression d'une masse rocheuse en cours d'éboulement. Craignant pour leur sécurité, les spectateurs des premiers rangs se replièrent dans les allées. Ce qui assaillait nos oreilles n'avait plus rien de musical, même si des bribes de mélodies faisaient parfois surface. Il y eut des claquements très violents, comme des filins d'acier qui se rompent, puis des craquements pareils à ceux que produit la coque d'un navire en plein naufrage. Sous nos yeux effarés, le gaudiophone se disloqua : la cheminée se cassa en son milieu et s'écroula vers l'arrière, les parties latérales s'effondrèrent sur elles-mêmes comme une charpente vermoulue. Une épaisse fumée grise fit écran entre la scène et la salle ; pendant deux minutes on ne vit plus rien, et le calme revint.

Lorsque la fumée se fut dissipée, on découvrit Antonio Gaudi perché sur les gravats de son invention détruite, regardant calmement vers l'horizon comme un chevalier juché sur le cadavre du dragon qu'il vient de vaincre. Nous observions ce beau tableau avec gêne et consternation, incertains s'il fallait applaudir ou non. Le silence dura trois minutes environ ; c'était comme après ces morceaux à rallonge où l'on ne sait jamais si l'artiste a terminé ou pas – bien qu'il ne fît aucun doute que le concert était achevé, puisqu'il n'y avait plus d'instrument. Enfin, quelques applaudissements s'élevèrent ici et là, brefs et hésitants. L'artiste salua deux fois puis descendit de son monticule de gravats et quitta la scène d'un pas tranquille. La salle reprit vie et le public s'ébroua avant de se diriger vers les portes en chuchotant des commentaires réservés.

Il me fut difficile de trouver le sommeil après cette soirée ; pourtant, et bien qu'il ne fût pas tard, j'étais terrassé de fatigue en quittant le théâtre. Qu'allais-je pouvoir écrire sur tout cela dans ces colonnes ? Du miracle ou du désastre, que retenir de ce concert ? Œuvre géniale ou imposture grand-guignolesque, qu'avions-nous vu ? Le gaudiophone est-il définitivement mort, ou son inventeur a-t-il conservé les plans qui permettront d'en reconstruire un semblable, voire d'en perfectionner le fonctionnement pour qu'il n'explose pas en vol comme ce fut le cas ? Si d'autres gaudiophones doivent être construits, trouvera-t-on des compositeurs pour leur écrire des partitions ? Et que va-t-il advenir de Gaudi, dont on apprenait hier, après que des journalistes eurent en vain sonné chez lui, qu'il a quitté la ville ? Le critique musical que je suis avoue n'avoir pas de réponses à ces questions. Puissé-je du moins avoir fait comprendre au lecteur que quelque chose s'est joué mardi au Théâtre royal, dont le temps seul dira si c'était de l'art ou de la fumisterie. L'homme qui dans cent ans lira ces lignes s'amusera-t-il de mes réticences naïves à affirmer que M. Gaudi n'est qu'un clown et un charlatan ? Ou s'étonnera-t-il de la prudence qui m'empêche de parler de lui comme d'un génie immortel, songeant avec philosophie que les grands artistes en leur temps ne sont décidément jamais compris ?

Faire mugir la Tour
(*France, 1962*)

C'est une curieuse requête qu'a déposée Yoshi Murakami à la mairie de Paris : le célèbre compositeur japonais demande rien de moins que la permission de s'installer avec équipe et matériel au pied de la tour Eiffel et, par un procédé révolutionnaire dont il a fait hier la démonstration à la presse sur un modèle réduit de huit mètres de haut, de tirer des « mugissements métalliques » des poutres d'acier du monument. Docteur en physique, Murakami travaille depuis plusieurs années sur les propriétés sonores du métal : le métal qu'on frappe, bien sûr, mais aussi le métal qu'on fait vibrer par le truchement d'une soufflerie ou de bras mécaniques capables de provoquer des secousses très brèves et très rapides. On se souvient ainsi de *Vrombissements*, étrange composition pour orgue, filins d'acier et carcasses de voiture, créée à Tokyo voici quatre ans – une œuvre qui, pour n'avoir pas fait date dans l'histoire de la musique, n'en a pas moins suscité l'intérêt de nombreux mélomanes à travers le monde. Jouée un an plus tard dans une aciérie écossaise, *Industrie liquide*, pièce plus ambitieuse et convaincante, laissait présager d'intéressants développements pour les techniques de création sonore mises au point par l'artiste nippon.

« L'œuvre que je vais présenter aujourd'hui constitue à la fois un aboutissement et un tournant dans ma quête, expliquait-il hier à des journalistes très intrigués par la tour Eiffel miniature devant laquelle il se tenait. *Exposition universelle* est une œuvre unique en son genre. La représentation sera gratuite et ne pourra avoir lieu qu'en un seul endroit : le Champ de Mars, à Paris. L'instrument sur lequel on jouera la pièce, lui aussi, est unique : il s'agit, vous l'aurez compris, de la tour Eiffel. » Murakami entreprit alors d'expliquer sa démarche ; les nombreux termes scientifiques dont il émailla son exposé et les tournures de phrases approximatives qui font le charme de son discours m'ont empêché d'en comprendre les subtilités, mais je puis tout de même affirmer qu'il s'agit pour le compositeur de « faire mugir la Tour » et d'en tirer une musique « proche des cris des animaux sous-marins » – et ce sans danger pour le monument, ni pour les spectateurs. « Le bruit sera phénoménal, assure Murakami, et on entendra la Tour jusqu'à Malakoff, Levallois, Saint-Mandé et le Pré-Saint-Gervais. J'ai écrit pour elle une partition dont je prétends qu'elle compte parmi mes plus belles : il n'y a pas une vis, pas un rivet, pas un centimètre de pylône qui n'y ait son rôle, pas un câble ni une marche d'escalier qui n'y contribue à faire sonner l'ensemble comme un grand orchestre d'acier tendu vers le ciel, au-dessus de la plus belle ville du monde. » L'artiste résuma ensuite l'histoire du monument : son électrification (1900), son utilisation pour des liaisons radiophoniques avec Casablanca (1907), ses projets de destruction (1913, 1920), les paris absurdes et les tentatives de suicide dont il a été le décor, les deux cent cinquante mille ampoules qu'on y a accrochées pour la réclame d'un fabricant d'automobiles (1925), son occupation successive par les Allemands (jusqu'en 1944) et les Américains (en 1945) et l'installation à son sommet de paraboles de télévision (1957). La transformation de la tour Eiffel en instrument de musique géant, conclut-il dans une formule énigmatique, sera « la réalisation du but qui n'était pas le sien » et « lui permettra de devenir ce qu'elle méritait d'être ».

Après ce discours vint l'heure de la démonstration. Murakami s'installa devant une table de commande tandis que ses assistants se postaient autour de la Tour miniature où convergeaient tous les regards. Des souffleries se mirent en marche, dont le raffut était tel qu'il obligea l'artiste à parler dans un mégaphone pour se faire entendre. « D'après mes calculs, hurla-t-il, il est possible de faire entrer la Tour en résonance avec un souffle d'air d'une puissance appropriée. Aucun défaut de conception n'est en cause : les ingénieurs Eiffel, Nouguier, Koechlin et compagnie n'ont failli nulle part. Mais, par mon art, je vais créer les conditions nécessaires pour faire chanter la Tour, conditions qui ne pourraient en aucun cas se trouver rassemblées par la nature. »

Des diodes s'allumèrent sur les machines placées au pied de la reproduction, des engrenages s'enclenchèrent, des bras d'acier frémirent, des gueules dentelées s'ouvrirent ; tout cela formait une ménagerie mécanique très divertissante, mais dont nous ne comprenions pas vraiment le fonctionnement ni l'utilité. « Ça vient ! » rugit Murakami en tournant ses potentiomètres. Alors, à notre surprise, un long et laborieux mugissement s'éleva de la tour Eiffel miniature, dont les piliers tremblaient ; cela ressemblait tout à fait aux plaintes des baleines dans les profondeurs des océans. Le bruit était phénoménal, on se serait cru dans une usine ; nous étions fascinés. Le cri gagna en volume, puis s'arrêta ; un autre suivit, plus aigu, puis un troisième, plus grave. Murakami venait d'entamer le premier mouvement d'*Exposition universelle* – il nous en offrit dix minutes avant de mettre fin au spectacle et de « laisser refroidir la Tour », selon ses propres termes. Le front humide et les joues rouges, il céda la parole à l'un de ses assistants ; celui-ci nous invita à venir admirer le matériel dispersé au pied de la maquette et tenta de nous en expliquer la fonction.

« Songez que tout ceci n'était qu'un essai miniature, reprit Murakami après s'être rafraîchi, une reproduction à l'échelle 1/40ᵉ. Lorsque je jouerai sur la vraie Tour, ce sera comme un orage d'acier, une titanesque symphonie sur Paris et ses alentours ! » En effet, on n'ose imaginer les sons que produirait l'artiste s'il avait accès au véritable monument, avec ses trois cents mètres de haut, ses deux millions de rivets et ses dix mille tonnes de poutres, de boulons, de plaques d'acier et de peinture au jaune de chrome. Murakami a refusé de dévoiler le coût de son projet, mais a certifié qu'il serait très raisonnable au regard de l'effet obtenu ; d'un point de vue atomique, a-t-il ajouté, les vibrations provoquées par son système auraient par ailleurs pour bénéfice de renforcer la structure de la Tour et épargneraient aux générations à venir de ruineux travaux de réfection. Ces arguments sauront-ils convaincre la municipalité de Paris ? La mairie a fait savoir qu'elle avait bien reçu le dossier de l'artiste mais qu'il n'était pas question que quiconque fasse mugir la tour Eiffel pour le moment. Murakami a pour sa part affirmé qu'en cas de blocage administratif persistant, il n'hésiterait pas à « emmener coûte que coûte son génie là où celui-ci doit aller », sans préciser ce qu'il entendait par cette formule.

La difficulté n'est rien
(*Argentine, 1945*)

« Impossible, je ne pourrai jamais jouer ça » : c'est, invariablement, la réponse des musiciens auxquels on soumet les partitions écrites pour eux par Eduardo Morand. Depuis trente ans, ce musicien argentin compose des pièces si difficiles à exécuter qu'aucun instrumentiste au monde, même parmi les plus virtuoses, ne parvient à les interpréter correctement. Arrau, Bolet et Rubinstein ont baissé les bras devant ses *Études pour piano*, Elman et Székely devant son premier *Concerto pour violon* ; quant au trompettiste Adolf Scherbaum, on dit qu'il a tant ri en découvrant ce qu'il avait à jouer dans la *Symphonie en* ré qu'il a manqué s'étouffer et a dû annuler un concert. Il ne s'agit pas d'erreurs de composition ou de maladresses d'écriture : chez Morand, la difficulté est une valeur artistique à part entière et, quoiqu'il le nie farouchement, elle est recherchée pour elle-même, comme si seules les œuvres exagérément exigeantes pouvaient prétendre à la beauté. Ainsi s'ingénie-t-il à truffer ses partitions de passages que l'anatomie humaine rend impossibles à jouer sur les instruments pour lesquels elles sont écrites : « Même en mettant deux virtuoses de classe mondiale sur un seul clavier, affirme le pianiste chilien Arturo Monterroso, on ne pourrait guère exécuter que deux ou trois mesures de la célèbre *Promenade de santé pour piano* – qu'il a pourtant écrite pour un seul musicien. Il faudrait être un monstre à trois bras, dotés d'une vingtaine de doigts chacun, pour parvenir à un résultat satisfaisant. Et, malgré tout, on ne respecterait pas la gamme d'indications qu'a inscrite Morand sur sa partition. » On y trouve en effet des notations qui, comme chez Satie, font parfois douter de l'équilibre du compositeur : « Vite et fort », « Frénétique », « En pente raide », « À la dure », « Comme les Goths ». Morand a pour principe de ne jamais écrire en dessous de 150 à la noire ; les musiciens qui s'attaquent à ses œuvres ont pour habitude de diviser le tempo par deux avant de commencer – et encore n'arrivent-ils qu'à articuler deux ou trois phrases avant d'échouer sur un écart invraisemblable ou une avalanche de triples croches à vous décrocher l'estomac.

De fait, la plupart des œuvres de Morand n'ont jamais été jouées entièrement, et une partie n'a pas été jouée du tout – « la partie la plus tardive, la plus importante », se lamente-t-il. Lorsqu'on lui demande pourquoi il conçoit des pièces aussi ardues, Morand répond qu'il écrit ce que lui dicte sa conscience d'artiste et qu'il n'est pas responsable des insuffisances de ceux auxquels on demande de les jouer (attitude qui explique sa mauvaise réputation chez de nombreux musiciens). « C'est à tort qu'on ne joue pas mes œuvres, dit-il également, car de toutes celles de notre siècle j'affirme qu'elles comptent parmi les plus belles. Leur difficulté n'est rien ; ce qui compte, c'est qu'elles touchent au sublime. » Pas plus qu'un autre pourtant il n'a pu les entendre, puisqu'elles sont injouables. « Mon esprit les joue pour lui-même, rétorque-t-il, et j'entends tout au-dedans de mon crâne. »

Pour certains musicologues, l'œuvre de Morand n'est pas dénuée d'intérêt : grâce à ses incroyables subtilités d'écriture, elle constitue une sorte d'aire de jeu théorique où les fanatiques du contrepoint peuvent puiser des problèmes, des exemples et des cas limites. La plupart des spécialistes considèrent cependant Morand comme un charlatan et se rangent à l'opinion de l'écrivain Adolfo Cámpora, qui estime qu'il « détourne l'art musical de son but en confinant l'idée dans son œuf au lieu de la laisser se déployer dans l'air ». Mais peut-être ce déploiement sera-t-il possible bientôt : des ingénieurs travaillent à la conception d'un bras mécanique muni d'un râteau mobile qui, installé au-dessus d'un clavier et correctement configuré, pourra jouer la *Promenade de santé* de Morand et toutes ses œuvres pour piano dans le tempo qu'il a prévu. « On verra alors si c'est aussi beau que promis », ricanent les mélomanes. Informé du projet, Morand a fait savoir qu'il le désapprouvait et, après avoir souligné que sa musique est faite pour des hommes et pas pour des machines, en a pronostiqué l'échec. « Si celui qui joue ma musique n'est pas pénétré par sa lumière et n'y comprend goutte, pourquoi voudriez-vous que les gens l'écoutent ? »

La musique qui traîne dans l'air
(*Colombie britannique, 1965*)

Les habitants de la région l'appellent « la musique qui traîne dans l'air », les scientifiques venus constater la chose parlent d'un phénomène acoustique inexplicable : quel est donc cet air mélancolique qui, sur une bande de terre rocailleuse de quelques centaines de mètres carrés, non loin de Prince Rupert, résonne aux oreilles des promeneurs sans qu'il y ait le moindre orchestre ni le moindre haut-parleur à cinquante kilomètres à la ronde ?

Les premiers à l'entendre furent des botanistes américains venus ramasser là des herbes et des mousses rares. « Alors que nous étions en pleine cueillette depuis une petite heure dans un silence complet, raconte l'un d'eux, j'ai entendu le son d'un violon. J'ai regardé autour de moi mais n'ai vu que mes collègues courbés vers le sol ; ils semblaient ne se rendre compte de rien. J'ai commencé à m'inquiéter. Je leur ai fait signe de me rejoindre ; près de moi, ils ont eux aussi entendu le violon, puis tout l'orchestre – un piano, un alto et un violoncelle. Nous avons d'abord cru à une plaisanterie et avons battu les fourrés à la recherche d'un magnétophone mais, au bout d'une demi-heure, il a fallu nous rendre à l'évidence : nous étions seuls sur le plateau, et la musique venait de nulle part. Nous avons aussi constaté qu'elle ne couvrait qu'un périmètre bien défini : pour l'entendre, il fallait se tenir dans les limites étroites d'une bande de terre. Sitôt qu'on en sortait d'un mètre à peine, on n'entendait plus que le vent et le ressac de l'océan au loin. »

La rumeur s'est répandue comme une traînée de poudre et tous les habitants de la région sont venus constater le phénomène de leurs propres oreilles. Inquiète pour la santé des populations (bien que personne n'ait manifesté le moindre signe de malaise ou de surdité), la police a provisoirement barré l'accès au site et sollicité l'avis d'experts. Toute une armada de savants a débarqué. Des acousticiens ont passé trois jours à mesurer les caractéristiques du son, sans parvenir à trouver son origine – l'un d'eux est reparti en affirmant que « puisqu'il ne peut pas exister, c'est qu'il n'existe pas » ; des géologues ont prélevé des carottes dans le sous-sol et les ont emportées pour examen ; des psychologues ont vérifié que l'orchestre n'était pas une hallucination collective ; des musicologues, enfin, ont identifié la musique comme une improvisation sur le premier *Quatuor en* sol *mineur pour piano et cordes* de Brahms – « d'une belle virtuosité », selon eux.

Alléchée par la perspective d'un coup commercial, une maison de disques de Vancouver a envoyé ses ingénieurs sur place pour enregistrer l'orchestre. Hélas, la musique ne s'est pas laissé capturer sur leurs bandes magnétiques, comme si elle refusait d'être entendue ailleurs que dans son espace naturel. Les ingénieurs ont alors remballé leurs micros et la maison de disques a tiré un trait sur son projet. D'autres preneurs de son ont suivi, qui ont tenté par tous les moyens de retransmettre à la radio cette musique qui traîne dans l'air – en vain. Pour l'entendre, il n'y a donc qu'une solution : se rendre à Prince Rupert, emprunter les sentiers tracés par la municipalité pour canaliser le flot des curieux et se poster quelque part dans le rectangle magique que délimitent quatre piliers en bois. Au bout de quelques secondes, on percevra les premières notes de la musique en songeant que ceux qui la disent sublime n'ont pas menti.

En chemin, on croisera peut-être Jim : depuis le début de l'affaire, ce sympathique garçon passe son temps à arpenter la zone afin d'être le premier sur place lorsque l'orchestre décidera d'étendre son activité au-delà de ses limites actuelles. « Il n'y a aucune raison pour que nous soyons les seuls à en profiter, ici à Prince Rupert, explique-t-il. Pour le moment, la musique n'occupe que quelques dizaines de mètres carrés, c'est vrai ; mais bientôt, vous pouvez me croire, on l'entendra dans toute la Colombie britannique, puis dans tout le Canada, puis sur tout le continent américain. Et un jour elle résonnera dans le monde entier, et aussi sur Mars et sur Neptune. Où qu'on soit et quoi qu'on fasse, on baignera dans cette musique entêtante qui ne s'arrête jamais, même pas la nuit. » Jim reste silencieux un instant, réfléchit en regardant les nuages et ajoute : « On s'y habituera, c'est sûr. On s'y habituera tellement qu'on finira par ne plus y faire attention. À la fin, on ne l'entendra plus du tout. Et tout sera redevenu comme avant ».

Synesthésie
(*Allemagne, 1987*)

Le premier *Quatuor à cordes* de Debussy, en *sol* mineur ? « Délicat, élégant ; des mousses de chêne et de la fougère, comme un sous-bois où l'on se promène après une pluie, l'automne. » Les *Poèmes symphoniques* de Liszt ? « Quelque chose d'assez frais, un peu laiteux, d'une odeur et d'un goût très agréable. » Aaron Copland ? « Bois, bouleau, tabac. Cuir, aussi. Et peut-être une fumée de pneus brûlés, malgré le respect que je lui dois. » Berlioz ? « Ciste, bergamote, mandarine, zeste de citron. Avez-vous déjà humé un flacon de néroli ? C'est exactement ça. » Purcell ? « Vous n'allez pas me croire, mais il est poivré. Dès que je l'entends, j'éternue. Cela fait rire mes enfants ». Sibelius ? « Miel, noisettes, pain grillé. Très capiteux. » Beethoven ? « Un bouquet d'une complexité telle que si je l'écoute plus d'une demi-heure j'en attrape la migraine. »

Voilà ce que vous répond Thomas Gartner quand vous l'interrogez sur ses compositeurs préférés. Cet homme jouit d'une faculté dont on ne sait s'il faut la classer parmi les maladies rares ou les miracles de la nature : pour lui, la musique *sent*. « Pas seulement la musique, précise-t-il. Les sons, les voix, le vent dans les feuilles font aussi réagir mes narines. J'essaye de ne pas y prêter attention, sans quoi l'océan d'odeurs où je baigne deviendrait vite insupportable. On endure facilement un bruit incessant autour de soi et quand il s'arrête on est un peu inquiet ; mais sentir sans cesse, ça vous rend fou. »

De nombreux médecins se sont intéressés à son cas, sans parvenir à déterminer l'origine de son don. Certains parlent d'hyperosmie. D'autres diagnostiquent une malformation de sa lame criblée. Quelques-uns, enfin, trouvent que son cas relève davantage de la psychiatrie que de l'oto-rhino-laryngologie et qu'une bonne psychothérapie le guérirait. « Ceux qui croient que je ne fais que rêver les odeurs se trompent, proteste Gartner. Ce ne sont pas des hallucinations. Je *sens* Bach et je *sens* Fauré comme vous autres sentez le savon, la lavande et la vanille. La musique entre en moi par les tympans mais aussi par les narines, et je ne permettrai à personne de dire que je suis fou. »

Pour que son talent serve la connaissance des arts, Gartner a entrepris la rédaction d'un catalogue où il consigne les impressions olfactives qu'il reçoit des grands musiciens du répertoire. « C'est le premier traité de musicologie odoriférante », explique-t-il. Les compositeurs y sont classés selon les neufs groupes d'odeurs distingués au XIXe siècle par Zwaardemaker : éthérées, aromatiques, fragrantes, ambrosiaques, alliacées, empyreumatiques, capryliques, répulsives et nauséeuses. C'est un travail patient, qui l'oblige à aller sans cesse de l'orgue au tourne-disque et du tourne-disque à l'orgue ; certains morceaux, prétend-il, ont des arômes pour lesquels le vocabulaire habituel de la parfumerie est impuissant, ce qui le contraint à des métaphores inédites. « Lorsque j'aurai achevé mon catalogue sur la musique classique, dit-il, j'en commencerai un second sur la musique de jazz. Ce sera plus difficile, et je crois qu'il me faudra faire un voyage en Amérique pour identifier certains parfums. Je n'ai toujours pas trouvé à quoi correspond exactement l'odeur du swing. »

Tristes nouvelles d'Eicher
(*France, 2006*)

Il y a dix-huit mois, le pianiste de jazz Simon Eicher était retrouvé inconscient et grièvement blessé en pleine campagne, à une cinquantaine de kilomètres de Paris. Nous avons souvent parlé dans ces colonnes de ce musicien dont le trio (avec le bassiste Nick Dixon et le batteur Takeshi Miyazawa) faisait les beaux soirs des caves parisiennes et qui s'apprêtait à enregistrer son deuxième album. L'enquête est au point mort et les auteurs de l'agression courent toujours ; quant à Simon, il est soigné dans une clinique du sud de la France, où son médecin nous a autorisés à lui rendre visite. C'est un établissement tranquille, entouré d'un petit parc planté de chênes. Au fond coule un ruisseau dont on entend le murmure depuis les chambres quand les fenêtres sont ouvertes.

Simon est presque guéri : ses fractures ont été soignées et son œil gauche sauvé. Mais il reste psychologiquement très fragile. Sa mémoire est atteinte, nous explique le docteur Chaussart, son médecin. Durant les premières semaines de son hospitalisation, il lui arrivait de ne pas reconnaître ses proches et de ne plus se souvenir de son propre nom. Mais surtout, on s'est rendu compte que la musique ne lui procure plus aucune émotion. Il semble avoir oublié qu'il était pianiste ; il ne réagit même pas lorsqu'on lui fait écouter des morceaux de jazz qu'il a pourtant joués des milliers de fois. « Nous avons à plusieurs reprises installé Simon devant le piano de notre salle de musique. C'était toujours la même réaction : il commençait par paniquer, puis il se calmait et examinait le clavier avec intérêt. Au bout de quelques minutes, il enfonçait quelques touches, mais si maladroitement que personne ne pouvait imaginer qu'il a été un virtuose. » Lorsque nous demandons si les notes jouées par Simon évoquent un air en particulier, le docteur répond par la négative. « Pourtant, on dirait qu'il cherche, comme s'il était sur la piste d'une mélodie qui affleure à son esprit. »

Dans la chambre qu'il partage avec un autre patient, Simon passe l'essentiel de son temps à lire. Nous ne pouvons retenir notre étonnement lorsque nous découvrons les titres des livres empilés sur sa table de chevet – *Critique de la raison pure*, *Conjectures sur le commencement de l'histoire humaine*, *Métaphysique des mœurs*. « Il s'est pris de passion pour Kant, commente le docteur Chaussart. C'est très curieux. Je ne suis pas sûr qu'il y comprenne grand-chose, mais il étudie très assidûment. » Sur le lit voisin, le camarade de chambre de Simon lit le journal, immobile, et ne remarque pas notre présence.

Simon a l'air heureux de nous voir ; nous reconnaît-il ? Nous l'interrogeons sur sa vie à la clinique, sur ses exercices de rééducation et sur ce qu'il compte faire à sa sortie. Reprendre la musique ? Il reste perplexe, le regard vide. « Les médecins m'ont dit que j'étais pianiste et que je jouais du jazz, mais je ne me souviens de rien. J'ai écouté quelques disques et je dois avouer que cette musique me laisse froid. Devant un piano, je me trouve stupide et incapable de remuer le petit doigt. »

Simon a de courtes périodes d'absence ; son regard fixe un point dans la pièce, les questions qu'on lui pose restant sans réponse. Quand il sort de sa léthargie, il nous regarde avec un air triste, comme s'il regrettait de n'être plus maître de lui-même. Cela nous affecte beaucoup, même si nous faisons mine de ne pas nous en rendre compte. Plusieurs fois nous ramenons la conversation vers la musique ; nous tentons de lui rappeler les airs qu'il jouait avant son accident. N'a-t-il donc aucun souvenir de *Nefertiti*, de *Big Nick* et de *My Foolish Heart* ? Comment peut-il avoir oublié *Everything Happens to Me*, ce morceau qu'il aimait au point d'en fredonner les paroles en même temps qu'il égrenait les notes sur le clavier ? Nous sifflotons aussi *The Peacocks*, morceau qu'il avait déclaré le plus beau du monde et qu'il jouait à la fin de tous ses concerts. En vain. Simon, perplexe, se montre incapable de reprendre l'air. Puis il secoue tristement la tête et regarde par la fenêtre.

Le docteur Chaussart vient nous chercher : la visite est terminée, Simon doit se reposer. Nous saluons l'ancien pianiste, navrés ; au moment de prendre ses mains dans les nôtres, nous songeons aux millions de notes qui ont coulé sous ses doigts avant son agression, à toutes ses improvisations perdues. Nous confions notre désarroi à Chaussart, qui tente de nous réconforter : « Les traumatismes de Simon ne sont pas irréversibles ; un jour, peut-être, il rejouera. Pas aussi bien qu'avant, sans doute, car ses mains ont été abîmées, mais assez pour émouvoir un auditoire. » Alors que nous remercions Chaussart et nous apprêtons à partir, nous entendons une voix dans la chambre qui entonne le thème de *The Peacocks*. Nous nous précipitons : c'est le voisin de Simon qui chantonne en souriant sur son lit tandis que l'ancien pianiste, appuyé contre la fenêtre, regarde pensivement le ciel sans réagir.

Souvenirs d'un tueur à gages

I. L'ennui

L'un des contrats les plus étranges de ma carrière me fut proposé par un homme d'affaires de quarante-huit ans qui partageait sa vie entre sa banque parisienne et sa maison provençale. Nous fûmes mis en rapport par l'un de ses collègues, un assureur suisse pour qui j'avais déjà travaillé, et nous rencontrâmes dans un café du Ier arrondissement. D'une serviette en cuir, il tira une enveloppe scellée contenant un dossier sur la cible (identité, résidence, profession, habitudes, faiblesses) et des photographies. Il me pria de ne pas l'ouvrir tout de suite. Je lui exposai mes conditions, qu'il accepta sans hésiter. Il était nerveux, comme tous les nouveaux clients, mais une sorte de griserie puérile l'animait, comme si l'assassinat n'était pour lui qu'un jeu. J'insistai sur l'irréversibilité du processus qu'il était en train d'enclencher, mais il m'assura que sa décision était réfléchie et qu'il était très conscient de ce qu'il faisait. Je mis donc un terme à l'entretien, lui expliquant que je reprendrais contact avec lui sitôt la mission terminée.

Une fois rentré chez moi, j'ouvris l'enveloppe. Je découvris à l'intérieur une fiche de renseignements et douze photographies de l'homme à abattre. Je crus d'abord à une erreur, car elles montraient l'homme d'affaires lui-même. Une lettre d'explications agrafée à la fiche me détrompa.

Monsieur,

Vous n'aurez, je pense, aucun mal à reconnaître la victime. Accomplissez votre mission, et tuez-la sans scrupule. Je pourrais ne rien dire de plus, mais je suppose que mes motivations vous laissent perplexe ; quelques mots de commentaire ne seront donc pas inutiles.

Comme vous l'avez constaté, je suis un homme qui a réussi. Je ne compte certes pas parmi les puissants, mais j'ai su mener ma barque et ai amassé une fortune confortable. Combien d'hommes de mon âge n'échangeraient-ils pas leur position contre la mienne ?

Et pourtant, pourtant, je demeure insatisfait. Suis-je heureux ? Non. De la vie, je n'ai goûté que les sucres, jamais les épices ; j'ai eu accès aux plaisirs, pas au danger. Le *sentiment du jeu* me manque. Ne suis-je pas passé à côté de ce que l'existence offre d'exaltant ? Vous m'aurez compris, je crois, et aurez cerné ce qui m'accable, même si vous n'en sondez pas la profondeur : *l'ennui*.

Voilà ce qui m'a conduit vers vous. Je veux avoir d'autres soucis, au moment de me coucher, que le temps qu'il fera demain pour le golf. Mon rêve : hésiter à fermer les yeux de crainte qu'on me tue dans mon sommeil. Demeurer sans cesse en péril. M'exposer à vos balles. Bref, pimenter ma vie.

Je vous demande donc de m'assassiner, ou plutôt d'essayer : telle sera votre part du contrat, la mienne consistant à vous survivre. Je ne doute pas que vous gagnerez la partie ; cela dépendra de votre compétence et de votre malice. Ayez la loyauté de vous consacrer pleinement à votre mission, car mon plaisir dépendra de votre implication. Créez pour moi une atmosphère d'angoisse, ne me laissez aucun répit. *Effrayez-moi.*

Afin que vous mettiez tout votre cœur à l'ouvrage, vos gains seront indexés sur vos performances. Ce soir à minuit commence le compte à rebours. Si vous me tuez dans les dix jours, vous recevrez dix fois le prix. Ce chiffre tombera à huit après dix autres jours, puis à six, à quatre et ainsi de suite, de sorte que le montant du pactole s'amenuisera au fil du temps. Au bout de deux mois, ma mort ne vous rapportera plus que la somme de départ, ce qui, avouez-le, serait décevant pour vous comme pour moi. (Vous prendrez contact avec mon notaire pour les modalités du paiement ; tous vos frais de mission seront remboursés.)

Je crois avoir tout dit. Nos sorts sont à présent liés. Je ferai tout pour vous rendre la tâche difficile ; votre expérience devrait vous permettre de venir facilement à bout de mes pauvres esquives. Vous trouverez ci-joint les renseignements demandés ; je vous garantis qu'ils sont exacts – vous pouvez compter sur ma sincérité. Mon atout ? Je *sais* être poursuivi, par qui et pourquoi ; mais n'en avez-vous pas éliminé d'autres dans les mêmes conditions ?

J'aurai déjà pris la fuite lorsque vous aurez fini cette lettre. Je frémis à l'idée que vous serez bientôt comme une ombre dans mon dos. Nous ne nous reverrons que de part et d'autre d'une balle en mouvement. Adieu.

Le cas était inédit, et je ne savais quoi penser. C'était en fin de compte une sorte de suicide par tueur à gages interposé. Le geste ne manquait pas de panache : mon homme n'ignorait pas que le rapport de forces lui était très défavorable, mais avait tout de même décidé de jouer le jeu. Que l'assassinat soit transformé en compétition sportive me peinait un peu, mais l'originalité de la démarche balaya mes scrupules : je décidai de traiter son affaire avec le même soin que d'habitude et de mettre tout mon professionnalisme à son service.

La vérité m'oblige à dire que ce fut un fuyard très maladroit. Il traversa la moitié du continent pour m'échapper, laissant derrière lui des traces aussi grossières que s'il avait jeté des petits cailloux pour m'indiquer la route à suivre. Au matin du troisième jour, je le retrouvai en Autriche, dans une chambre d'hôtel dont il n'avait même pas obturé les fenêtres. Je m'installai tranquillement sur un toit d'immeuble et pointai sur lui le canon de mon fusil. Trente mètres à peine nous séparaient ; un enfant de huit ans armé d'une pétoire l'eût atteint au cœur sans difficulté. Soudain, j'eus un scrupule : n'était-il pas cruel de le faire mat en si peu de coups ? Le plaisir qu'il semblait prendre à sa cavale m'attendrissait et je songeai en souriant aux ruses de boy-scout qu'il avait inventées pour me semer ; siffler si tôt la fin de partie me parut injuste.

Il y avait cependant le contrat, et je jugeai qu'attendre pour le tuer eût équivalu à reconnaître qu'il était un adversaire de second rang – autrement dit, à l'humilier. Alors je l'abattis d'une balle en plein front puis effaçai mes traces avec autant de soin que je l'aurais fait pour un baron du crime. À ses funérailles, je fis envoyer une gerbe de fleurs entourant une clepsydre vidée de son eau, parce que le temps pour lui n'existait plus : au compte à rebours avait succédé le présent perpétuel de sa mort, comme il l'avait souhaité.

II. L'affaire Yavorov

On a beau mettre tout son soin dans la préparation d'un meurtre, établir un plan, choisir les circonstances et travailler avec toute la méticulosité du monde, on n'est jamais à l'abri d'un imprévu. Les conséquences peuvent alors prendre des proportions étonnantes, qui dépassent notre petite personne. J'en ai fait l'expérience au début de ma carrière, avec l'assassinat de Dobri Yavorov.

Yavorov était un Bulgare de quarante ans qui, durant la guerre froide, avait fait le mercenaire dans tous les pays du bloc communiste. Il était à présent retiré des affaires et dirigeait une société de protection en Sterpinie, un petit morceau de plaine traversé par le Danube qui, malgré ses dimensions modestes, constituait selon les politologues le plus grand foyer d'instabilité d'Europe centrale.

Les raisons pour lesquelles on voulait que Yavorov fût assassiné m'étaient inconnues – vengeance ou précaution, n'importe. Toujours est-il que cette mission était pour moi la première dont la rémunération atteignait les six chiffres en dollars. J'avais le sentiment d'entrer dans la cour des grands, à la manière d'un jeune avocat qui n'a jamais plaidé aux assises. J'étais fébrile.

Il me fallut trois jours pour localiser ma cible ; les renseignements qu'on m'avait donnés étaient faux et j'avais dû mener ma propre enquête. Yavorov avait abandonné sa société de protection et travaillait à présent pour Gospodinov, un apparatchik dont il était devenu l'homme de main, à la fois garde du corps, chauffeur, aide de camp et porte-serviette.

Soucieux d'accomplir ma tâche dans les règles de l'art, je bannis toute précipitation et étudiai le mode de vie de ma victime durant plusieurs jours. La luxueuse résidence où il vivait avec son employeur me parut un terrain hostile : des arbres cachaient les fenêtres, le quartier était passant et l'entrée surveillée. Gospodinov se déplaçait beaucoup ; en soudoyant un employé d'aéroport, j'obtins les horaires de décollage de son avion privé et résolus d'agir au prochain embarquement.

J'arrivai sur les lieux à l'aube, les inspectai minutieusement et m'installai sur une butte d'où je pouvais voir les pistes. Je montai ensuite mon fusil – un Snaiperskaja Vintovka Dragunov (fusil de *sniper* Dragunov) que j'avais acheté à un officier de l'Armée rouge véreux –, plaçai dix balles dans le chargeur, fixai la lunette de visée et m'exerçai en pointant les pneus d'une voiture, la nuque d'un mécanicien ou les poignées de porte d'un hangar. Le Dragunov avait une portée de six cents mètres, soit deux fois la distance qui me séparerait de Yavorov ; ma marge de manœuvre était donc confortable.

La limousine fit son entrée sur le tarmac quelques minutes avant l'heure du décollage. Quatre hommes en sortirent, dont Yavorov et son patron. Je pris ma respiration : en avant, marche. Je visai le front de ma victime avec l'intention de frapper bien entre les deux yeux, attendis qu'elle s'immobilise, appuyai sur la détente.

Il y eut un problème.

Gospodinov avait avancé d'un pas au moment du tir, faisant écran entre la balle et sa cible ; touché à la tempe, il s'écroula. Les deux accompagnateurs se jetèrent au sol et rampèrent sous la voiture pour s'abriter ; Yavorov, lui, demeura pétrifié avant de se ressaisir et de plonger la main dans son veston pour y prendre son arme. Je gardai mon calme et visai au cœur. Cette fois, je fis mouche.

Une sirène retentit ; la panique me gagna. Je démontai mon matériel, courus au bas de la butte, montai dans ma voiture et démarrai. Jamais je ne conduisis plus dangereusement que ce jour-là. La peur ne me quitta qu'au soir, après que j'eus passé la frontière sterpino-yougoslave. J'abandonnai mon véhicule dans un sous-bois et rejoignis une gare routière, non loin de Zaječar. De là, un autocar m'emmena à Belgrade. J'eus tout loisir pendant le voyage de me projeter le film des événements et de me reprocher mes erreurs ; j'avais manqué aux règles élémentaires de la prudence et, surtout, j'avais tué deux hommes pour le prix d'un, ce qui heurtait à la fois ma conscience et mon amour-propre.

J'étais d'autant plus inexcusable que Gospodinov, ainsi que je l'ai appris par la suite, était l'homme sur qui reposait la stabilité de la Sterpinie depuis des années. Le contrecoup fut immédiat : le gouvernement déclara l'état d'urgence, l'armée s'empara du pouvoir et une guerre civile éclata, qui dure encore à l'heure où j'écris ces lignes. Quant à moi, je m'octroyai quelques jours de vacances à Rio grâce à l'argent que me versèrent les commanditaires de l'assassinat du pauvre Yavorov, songeant par analogie que peut-être François Ferdinand n'était pas le destinataire de la balle qui a déclenché la Première Guerre mondiale, et que certaines tragédies historiques ont été causées par des gaffeurs dans mon genre.

III. Dylan

En 1972, je fus contacté par la veuve du diamantaire flamand D***, pour qui j'avais travaillé dans les années 1950. Comme je ne pouvais pas imposer à cette dame de haut rang un rendez-vous dans les cafés populaires où j'avais mes habitudes, nous allâmes dîner dans un restaurant de la place Sainte-Catherine. Elle était très élégante et suscitait la déférence chez autrui. Elle s'exprimait avec calme, d'une voix flûtée proche du murmure. Je la sentais troublée ; qu'elle fût venue à moi indiquait de toute façon qu'elle avait un problème que seuls les grands moyens pouvaient résoudre. Nous échangeâmes des banalités jusqu'au dessert, moment que je choisis pour lui demander les raisons de notre rencontre. Elle prit alors un air soucieux, presque attristé ; je me souviens mot pour mot de notre dialogue.

– Bien sûr, bien sûr, dit-elle en froissant sa serviette. Je ne vous ai pas fait venir ici pour le plaisir d'un bon dîner.

– Je vous écoute.

– Vous exercez toujours, n'est-ce pas ?

– Oui, madame.

– J'ai un service à vous demander. Je vous donnerai ce que vous voudrez. L'argent n'est pas un problème.

– N'en parlons pas pour le moment, répondis-je.

Puis j'ajoutai pour la flatter :

– Ma première récompense sera de vous soulager.

– Vous êtes gentil, dit-elle en souriant. Mais le travail que je vais vous proposer n'est pas banal, sachez-le.

– Dites-moi tout.

Elle baissa les yeux puis me tendit une photographie, face contre table.

– Tuez-le.

Je retournai la photo et vis un garçonnet de cinq ou six ans. Ses cheveux bouclés étaient bruns, son regard étrangement magnétique ; il portait un bermuda et un pull-over brodé du blason d'une équipe de football italienne.

– Qui est-ce ?

– Dylan. L'enfant unique de mon fils.

– Pourquoi souhaitez-vous sa mort ?

J'imaginai qu'elle était en conflit avec son fils, ou avec sa bru ; la réalité était tout autre. Elle me fixa et dit avec froideur, très calmement :

– Parce qu'il est le diable.

Mme D*** m'expliqua avoir acquis la conviction que cet enfant de cinq ans était possédé par le démon. Peut-être même était-il le démon en personne ; en tout cas, il était venu sur terre pour propager le mal et la souffrance. Jamais elle n'avait vu tant de haine au fond d'une âme, jamais elle n'avait eu si peur que la première fois qu'elle l'avait pris dans ses bras. Du jour où il vint au monde, ses parents furent malheureux ; eux qui s'entendaient si bien se disputaient désormais sans cesse, et sa mère était tombée gravement malade. « Tout est sa faute », assénait Mme D*** en montrant la photographie.

Sa demande me mit dans l'embarras, car j'ai pour principe de ne m'occuper que des adultes. On m'avait déjà payé pour abattre des épouses et des fillettes ; j'avais tué les épouses mais épargné les fillettes (qui furent kidnappées et assassinées par d'autres, sans doute). Le meurtre, disait mon maître, est une affaire d'adultes consentants ; il voulait dire par là qu'on n'assassine que les gens qui, par leurs actes ou leurs paroles, sont entrés d'eux-mêmes dans l'univers des choses dangereuses et des grands moyens. Mme D*** me semblait ne pas posséder toute sa raison, et je refusais de jouer le jeu de sa folie. Je lui répondis donc que j'avais besoin de réfléchir.

– Vous ne me croyez pas, dit-elle avec l'air déçu.

– Je ne sais pas, madame.

– Ne vous laissez pas attendrir par l'apparence angélique de ce petit monstre. C'est de l'enfer qu'il vient, c'est le mal qui coule dans ses veines. Débarrassez-moi de lui.

Je restai préoccupé par cette conversation durant plusieurs jours. J'étais ennuyé de refuser mon aide à Mme D***. J'avais beaucoup d'estime pour son mari, qui avait souvent fait appel à mes services et m'avait remis le pied à l'étrier après mon accident, à un moment où je n'avais presque plus de contrats. De plus, elle m'avait fait miroiter un joli salaire. Je décidai de mener une petite enquête sur Dylan D***, ce petit-fils dont elle avait si peur.

C'était la première fois que je surveillais un enfant et je me sentis un peu ridicule. Je trouvai à Dylan une allure tout à fait ordinaire ; il semblait avoir les occupations de tous les enfants de son âge, et passait son temps à jouer seul dans le jardin ou à apprendre des tours à son chien. Après une journée de surveillance sans intérêt, je m'apprêtai à rentrer chez moi. Par acquit de conscience, je braquai une dernière fois mes jumelles sur lui. C'est alors qu'il tourna le visage vers ma cachette et la fixa avec une intensité qui m'effraya presque. M'avait-il découvert ? C'était impossible : j'étais à plus de cent mètres, et me tenais caché dans des fourrés. Dylan eut un sourire énigmatique, puis reprit ses jeux. Troublé, je regagnai ma voiture.

N'eût été cet étrange regard, j'aurais sans doute suivi ma première intention et refusé le contrat. Un charme avait cependant opéré, qui me conduisit à revenir le lendemain. Je n'ignorais pas ce que ma conduite avait d'irrationnel ; sans doute perdais-je mon temps à surveiller cet enfant dont tout laissait à penser qu'il était aussi inoffensif que les autres, sans doute cédais-je trop facilement à l'attrait du surnaturel. Dylan ne joua pas au jardin ce matin-là. Il ne sortit qu'à trois heures de l'après-midi, avec son chien, s'amusant à lui lancer une balle. Je contemplais ce spectacle avec ennui lorsqu'un événement très étrange se produisit ; tout alla si vite que je ne suis pas certain de la manière dont les choses s'enchaînèrent exactement. L'enfant se mit tout à coup à faire de grands gestes, comme s'il chassait des insectes autour de lui ; son chien s'immobilisa. Dylan se dirigea alors vers le puits et, d'un geste incroyable pour un enfant de son âge, déplaça son couvercle de métal, qui devait peser au moins vingt kilos. Le chien s'en approcha ; en l'espace d'une seconde, Dylan s'approcha de lui, le saisit et le jeta dans le puits. J'étais stupéfait ; dans mes jumelles, je vis l'enfant remettre la plaque de métal à sa place. Ensuite, les mains dans les poches, il regagna la terrasse et rentra dans la maison par la baie vitrée. Je craignis qu'il me lançât un regard similaire à celui de la veille, mais ce ne fut pas le cas.

La scène ne me décida certes pas à le tuer, mais elle me fit prendre l'affaire au sérieux. Continuant mon enquête, j'appris que la gouvernante de Dylan n'était arrivée que quatre mois plus tôt ; la précédente était morte dans un accident mystérieux. La mère de Dylan était tombée en dépression après lui avoir donné naissance. On l'avait soignée chez elle, mais son mal avait empiré jusqu'aux limites de la folie ; au bout d'un an, les médecins l'avaient transférée dans une clinique proche de la mer. Elle allait depuis de crises en rémissions, mais rechutait sitôt qu'on lui parlait de son fils.

D'autres éléments m'intriguèrent. La maison des D*** était située dans un hameau qui comptait treize belles maisons : dix des treize propriétaires avaient divorcé au cours des dernières années, et deux avaient fait faillite en un an. Trois enfants étaient morts dans les alentours – le premier était tombé du haut d'un arbre, le deuxième avait été heurté par une voiture et le corps du troisième avait été trouvé sans vie devant sa maison, sans qu'on pût déterminer les causes de son décès. Deux ans plus tôt, tous les chevaux d'un élevage voisin s'étaient échappés de leur enclos et, après une course qui les avait conduits à plusieurs kilomètres de là, s'étaient jetés dans un ravin. La police n'avait fait aucun rapprochement entre ces incidents. Étaient-ils liés à Dylan ? Je ne pouvais me résoudre à le croire, mais n'avais plus l'esprit tranquille ;

le visage poupin de ce garçon aux yeux de braise l'occupait à chaque instant, et resurgissait dans mes cauchemars. J'appelai Mme D*** pour la rencontrer de nouveau. Nous nous retrouvâmes à Paris, dans un salon de thé proche de la place de l'Étoile.

– Le tuerez-vous ? demanda-t-elle sans ambages.

– Je n'en sais rien.

– L'avez-vous vu ? Avez-vous *senti* le mal qu'il porte en lui ?

Elle tremblait d'énervement.

– J'étais trop loin pour sentir quoi que ce soit, répondis-je, mais il m'a en effet paru, disons, *différent* des enfants de son âge.

– Dylan n'est pas un enfant, corrigea-t-elle. C'est le démon dans un costume d'enfant. Il m'a fallu de nombreux mois pour l'accepter, bien que je l'aie su dès que je l'ai pris dans mes bras, à sa naissance. Vous n'imaginez pas les souffrances qu'il nous a infligées, à ses parents et à moi. Si vous ne le tuez pas maintenant, il grandira, et le mal qu'il porte en lui grandira aussi ; il sera bientôt trop puissant pour que quiconque puisse agir. Tuez-le pendant qu'il est temps.

Des larmes mouillèrent ses yeux. Je la quittai troublé, ne sachant que penser. La balance penchait à présent de son côté : l'idée de tuer Dylan avait fait son chemin dans mon cerveau et, certain quelques jours plus tôt de refuser le contrat, j'étais sur le point de l'accepter. Je poursuivis ma surveillance, caché sur les hauteurs de la demeure des D***. La disparition du chien avait provoqué de l'émoi dans la maison : durant plusieurs jours, le père de Dylan et les domestiques avaient battu les fourrés en criant le nom du chien – j'étais trop loin pour l'entendre distinctement, mais je crois bien qu'ils disaient : « Méphisto », ce qui n'était pas sans saveur mais ne me fit pas rire.

Plusieurs fois je tentai de m'approcher de la maison, mais l'environnement n'était pas favorable : à trente mètres, la ceinture de buissons débouchait sur un gazon ras où j'aurais été exposé. Lorsque la nuit tombait les domestiques fermaient les volets, même ceux des pièces où personne ne vivait. Je renonçai à m'introduire par effraction à l'intérieur, jugeant le risque trop grand.

Au matin du troisième jour, Dylan apparut dans le jardin et pénétra dans une remise. Il n'en sortit plus de toute la matinée ; s'y livrait-il à d'innocents jeux d'enfant ou préparait-il des complots ? Mon imagination tournait à plein régime ; j'ignorais si j'étais à blâmer pour les fantasmes que je nourrissais, ou si j'avais tort de sous-estimer la menace que représentait Dylan pour le monde. Vers midi, sa gouvernante sortit sur la terrasse et l'appela ; il ne répondit pas. Elle se dirigea alors vers la remise, poussa la porte et entra. On entendit alors un formidable cri ; je tressaillis. Que s'était-il passé ? L'avait-il tuée ? Tous les oiseaux s'étaient tus ; un silence surnaturel régnait.

Pour mieux voir, je décidai de me cacher derrière un autre buisson, à quinze mètres sur ma gauche. Au moment de me lever, j'entendis un craquement. Je me retournai vivement : Dylan était là, face à moi, me fixant avec calme. J'eus si peur que je faillis m'évanouir ; la découverte d'un serpent enroulé autour de ma cheville ne m'eût pas effrayé davantage. Devais-je parler à Dylan ou m'enfuir ? Absurdement, j'attendis que cet enfant de cinq ans prenne l'initiative, comme si le pouvoir était dans ses mains et non dans les miennes. Son regard était hypnotique ; je retrouvai la sensation qu'il m'avait faite lorsqu'il avait regardé vers moi depuis le puits, quelques jours auparavant. Soudain, sans un mot, il fit un pas dans ma direction. Je reculai, épouvanté. Il continua d'avancer. Apeuré, je fis volte-face et commençai de courir. Mon pied se prit dans une liane ; je tombai lourdement. L'enfant commandait-il aux végétaux ? Il était à trois mètres à présent, avançant toujours. Un rictus traversait son visage ; ses yeux me parurent avoir perdu leur prunelle et ouvrir sur un gouffre. Sans réfléchir, je plongeai la main dans ma veste, en sortis mon pistolet et fis feu.

Une gerbe de sang gicla dans l'air ; Dylan s'écroula. Hagard, je restai étendu au sol, incapable de me relever. Je tremblais comme si j'avais souffert d'une fièvre. Lorsque ma peur se fut calmée, je me levai et m'en fus à travers les fourrés, sans savoir où j'allais ni regarder le corps du petit diable que j'avais abattu.

Lorsque je revins le soir sur les lieux du crime, le cadavre avait disparu. À la place, je trouvai un caillou sombre et poreux, extraordinairement léger, pareil aux *lapilli* que projettent les volcans en éruption.

« Sans doute ne croyez-vous encore qu'à moitié que Dylan était le diable », me dit Mme D*** lorsque je l'appelai pour lui raconter la scène. Je lui répondis qu'en effet, pour la première fois, j'ignorais qui j'avais assassiné exactement – le diable ou un enfant. Je ne parlai pas du caillou noir que j'avais trouvé, craignant que ce surcroît de fantastique l'ébranlât un peu plus.

Nous évoquâmes ensuite les modalités de paiement. Elle me ferait parvenir une somme importante, excessive pour le meurtre d'un enfant mais qui convenait pour la mort du diable. Puis elle me demanda de ne jamais chercher à la joindre, et de feindre de ne pas la connaître si par hasard nous devions nous rencontrer à nouveau. « Je souhaite tourner la page et oublier cette histoire à jamais. » Je la rassurai et lui expliquai que j'étais dans les mêmes dispositions qu'elle à l'égard de cette affaire :

je ne l'oublierais pas, mais ne souhaitais en parler à personne.

Nous nous dîmes adieu ; j'allais raccrocher lorsqu'elle m'interpella de nouveau. « J'oubliais, dit-elle dans un murmure. Le caillou noir. Enterrez-le dans un endroit connu de vous seul, le plus profondément que vous pourrez. Ne marquez cet endroit d'aucune stèle, et n'y revenez jamais. »

IV. Autoportrait

Le livre le plus célèbre de l'écrivain anglais Thomas de Quincey (1785-1859) s'intitule *De l'assassinat considéré comme un des beaux-arts*. Un ami proche – suffisamment proche pour savoir la manière dont je gagnais ma vie – me l'a offert pour mon cinquantième anniversaire ; je ne l'ai pas encore lu. J'imagine que le titre est provocateur, et qu'il ne s'agit pas d'une *histoire vraie*. Je pense donc être le seul à ce jour à avoir réellement mêlé l'assassinat et les beaux-arts en une seule discipline.

L'histoire se passe en 1977. Je fus contacté par un certain Ivan (je n'ai jamais su son nom de famille), qui venait d'Amérique et travaillait pour l'artiste Peter Willemark. Il avait l'air très fier d'être au service d'un tel génie, aussi fut-il déçu lorsque je lui avouai, après avoir confessé mon ignorance des choses de l'art, que ce nom ne me disait rien. Quoi qu'il en soit, Ivan m'apprit que Willemark avait entendu parler de moi par un collectionneur de ses amis. Il me tendit ensuite deux billets pour New York. Willemark me donnait rendez-vous quinze jours plus tard à son domicile, et n'avait apparemment pas envisagé la possibilité que je refuse ou sois indisponible ce jour-là.

Je me rendis donc à New York, non sans m'être renseigné sur ce Willemark. C'était l'un des artistes les plus sulfureux de l'époque, un personnage scandaleux qui ne reculait devant aucun sacrilège et dont l'œuvre abordait sous tous leurs aspects la condition de l'homme moderne et la décadence de la civilisation occidentale. Les prix de ses toiles et sculptures atteignaient des sommets. Une série de six tableaux intitulée *Temps, espace, couleur* était devenue l'œuvre la plus chère du monde lors d'une vente à Londres, en 1970, avant d'être dépassée deux ans plus tard par un tableau géant de son compatriote Geoffrey W. Geoffrey.

Willemark vivait au trentième et dernier étage d'un immeuble qui lui appartenait et où il avait son atelier. Il n'y recevait personne et avait décidé dès le début de sa carrière qu'il ne s'exprimerait jamais sur l'art (il acceptait en revanche volontiers d'être interviewé sur le football, la chasse à l'ours, la finance ou n'importe quel autre sujet auquel il ne connaissait rien). J'étudiai plusieurs reproductions de ses tableaux. Comme je l'ai précisé, mon érudition artistique était alors limitée – elle l'est d'ailleurs toujours, même si j'ai fait des progrès –, aussi mon jugement fut-il celui d'un philistin. La plupart de ses œuvres, donc, me restèrent impénétrables ; la débauche de couleurs vives heurtait mon sens de la mesure, l'absence de repères et de motifs me troublait. Quelques-unes, moins tonitruantes, me donnèrent malgré tout l'impression agréable de me tenir devant un paysage calme qu'il n'était pas facile de quitter, et j'en conclus que Willemark devait avoir du talent.

Le jour dit, Ivan vint me chercher à mon hôtel dans une voiture de sport, et je fus reçu par l'artiste dans son appartement de Manhattan. Il m'accueillit avec beaucoup d'effusions, comme si nous nous connaissions depuis toujours. Il m'invita à m'asseoir dans l'un des canapés de cuir qui garnissaient son salon, où de grandes baies vitrées offraient une vue imprenable sur New York.

Tandis qu'il me servait à boire en monologuant sur toutes sortes de sujets, je me demandai les raisons pour lesquelles il m'avait fait venir. S'agissait-il de tuer un collectionneur malhonnête ? un peintre dont les toiles valaient plus que les siennes ? un critique dont les jugements l'agaçaient ? J'étais loin d'imaginer le rôle qu'il entendait en réalité me faire jouer dans sa vie – plutôt devrais-je dire dans sa mort ou, mieux encore, dans son art. Il me proposa de passer à table. « J'ai pensé qu'il serait plus commode de dîner chez moi qu'au restaurant, dit-il, surtout lorsque nous aborderons les *affaires sérieuses* – l'intimité est une chose si difficile à préserver, n'est-ce pas ? Vous ne perdrez pas au change, rassurez-vous : à l'étage inférieur s'activent les meilleurs cuisiniers de la ville. »

En effet, le repas fut excellent. Chose étrange, Willemark restait tout à fait muet entre le moment où on lui apportait une assiette et celui où on la reprenait, comme s'il avait été sacrilège de parler en mangeant et de ne pas se consacrer entièrement aux plats. « Cela, oui, c'est de l'art, murmura-t-il tandis qu'on remportait le second plat. Comparés à ces chefs-d'œuvre, mes tableaux et mes fresques ne sont rien, rien du tout. »

Ce n'est qu'après le dessert, au moment du café, que Willemark en vint au fait ; et encore ne dit-il ce qu'il attendait de moi qu'après une longue introduction sur sa conception de l'art et sur la trace qu'il voulait laisser. Je l'écoutai avec toute l'attention dont j'étais capable, car il m'avait averti que je ne serais à la hauteur du rôle qu'il me demandait de jouer que si je saisissais le sens profond de son projet. Je ne puis résumer ici le discours qu'il me fit – je trahirais sa subtilité et ma langue serait trop éloignée de celle, tortueuse, qu'il utilisait pour parler de son travail. Toujours est-il que j'acceptai son offre. Le travail n'était pas différent de ce dont j'avais l'habitude : appuyer sur la détente et tuer un homme. Le projet dans lequel s'inscrirait le meurtre, en revanche, était inédit.

Willemark convia des milliers de personnes au vernissage de sa nouvelle œuvre, un tableau de quatre mètres de côté qu'il avait intitulé *Autoportrait*. La soirée s'annonçait comme un grand moment, l'artiste ayant déclaré qu'*Autoportrait* était sa dernière toile et qu'il cesserait de peindre après l'avoir terminée ; plus extraordinaire encore, il avait annoncé que la peinture n'était pas finie et qu'il mettrait *la cerise sur le gâteau* en public, dans une mise en scène dont on parlerait longtemps. Il avait choisi pour décor une immense serre désaffectée située en banlieue, où les invités seraient amenés par autocar. Cet endroit étrange et désolé, magnifié par la lumière rasante du soleil couchant – l'exposition aurait lieu au crépuscule –, était censé donner une dimension supplémentaire à l'événement.

Le jour dit, plus de mille personnes se retrouvèrent devant la serre ; j'y étais, ainsi qu'Ivan qui me surveillait du coin de l'œil. À dix-neuf heures, les portes s'ouvrirent et le public s'engouffra à l'intérieur. La serre était vide, à l'exception d'un rideau suspendu dont on devinait qu'il cachait l'œuvre. Durant une dizaine de minutes, rien ne se passa. Puis, soudain, un projecteur éclaira le rideau ; Peter Willemark fit son apparition sous les applaudissements. Conformément à notre plan, je m'éclipsai ; le déroulement des opérations m'avait été expliqué de manière si détaillée par Willemark que je crois pouvoir raconter sans me tromper ce qui se passa dans la serre en mon absence.

Juché sur un cube de bois qu'avait apporté son assistant, Willemark commença un discours prévu pour durer trente minutes. Il y reprenait les propos qu'il m'avait tenus lorsque nous avions dîné ensemble. J'en ai gardé une copie ; je ne le reproduirai pas entièrement car il nous éloignerait de notre sujet, mais en donnerai tout de même ce passage significatif :

> Je veux à présent me fondre dans mon art, faire en sorte que l'œuvre et l'homme ne soient plus qu'un. La source de la toile doit devenir la toile elle-même, le commencement doit devenir la fin ; je vais boucler la boucle, de sorte que cet *Autoportrait* fonctionnera de manière autonome jusqu'à la fin des temps, tout le processus de création pouvant être contemplé d'un seul regard.

Le discours fut chaleureusement applaudi, même si la plupart des invités n'y comprirent rien. Willemark descendit de son cube ; son assistant apporta alors un escabeau d'une hauteur d'un mètre cinquante et le plaça devant le rideau. L'artiste y grimpa, s'immobilisant sur la marche la plus haute ; puis il se tourna vers le public et écarta les bras en croix, le regard fixé sur l'horizon. Le rideau tomba, révélant l'imposante toile qui était le clou de la soirée. Au même moment, allongé sur le toit de l'entrepôt qui faisait face à la serre, j'appuyai sur la détente : la balle brisa le verre et traversa le crâne de l'artiste, projetant des éclaboussures sur la toile derrière lui. Son corps sans vie tomba au sol ; des cris d'horreur s'élevèrent de la foule qui, dans une formidable bousculade, courut vers les portes pour se mettre à l'abri.

L'*Autoportrait* de Peter Willemark est aujourd'hui exposé au Musée d'art contemporain d'Oslo, sa ville natale, conformément à son testament. Cette époustouflante peinture abstraite est composée dans des tons très clairs, qui évoquent la pureté de la banquise et la légèreté des nuages. S'en détachent de troublantes zones mouchetées de noir ainsi que de petits monticules rougeâtres dont le visiteur distrait peut ignorer qu'il s'agit du sang de l'artiste et des morceaux de son cerveau que ma balle a fait gicler sur la toile. Je suis allé plusieurs fois contempler ce chef-d'œuvre, regrettant de ne pouvoir révéler à tous ceux qui s'extasient devant lui que j'en suis le coauteur.

V. Deux petites infidélités

Deux fois dans ma carrière j'ai travaillé avec d'autres armes que mes fusils de précision – SIG Saurer, Accuracy, Remington Bravo et, bien sûr, ma fidèle Dragunov.

La première ne fut pas une réussite. J'avais été engagé par Polizzi, un businessman italien, pour tuer un industriel grec qui faisait du tort à ses affaires. Son nom était Apostolidis. Pour être tranquille, Polizzi souhaitait également que je tue les trois associés d'Apostolidis. Il me pria d'agir dans la discrétion, car il ne voulait pas que ces meurtres fassent la une des journaux et qu'un enquêteur se demande à qui profite le crime.

La meilleure solution était d'assassiner les quatre hommes en même temps, car courir trois lièvres partis chacun dans une direction différente après que le premier a été tué risquait d'être long. L'occasion m'en fut donnée un jour qu'ils se rendirent de Rome à Turin dans une voiture de location. Quelques billets adroitement distribués me permirent d'apprendre le nom de l'agence à laquelle ils s'étaient adressés, et même le véhicule qui leur avait été réservé. Je passai de longues heures à mettre au point une bombe que j'allai fixer sous son châssis. Je manipulais des explosifs pour la première fois, aussi m'appuyai-je sur la documentation que m'avait fournie un ami spécialisé dans la chose. Lorsque arriva le jour J, je me rendis devant le parking et attendis l'arrivée de mes quatre larrons en caressant les boutons de la télécommande qui me permettrait d'actionner la bombe sitôt qu'ils seraient montés à bord.

Tout se passa comme prévu : Apostolidis et ses associés prirent possession du véhicule, quittèrent le parking et empruntèrent la route de Turin. Il ne me restait plus qu'à attendre le moment propice. Je les suivis durant quinze kilomètres puis, à la faveur d'un tronçon de route désert et bien dégagé, appuyai sur le bouton de la télécommande.

L'explosion fut sensationnelle et m'effraya tant que, par réflexe, je freinai de toutes mes forces. La voiture qui me suivait m'emboutit. À cent mètres devant moi, une colonne de fumée montait vers le ciel. Toutes les vitres de ma voiture avaient éclaté. Mes oreilles sifflaient. J'avais été si maladroit dans le dosage de la charge que la voiture avait été pulvérisée : il n'en restait rien. Outre Apostolidis et ses compères, l'explosion fit deux morts dans les alentours – dont un vieillard cardiaque que le bruit avait fait flancher. Les autorités crurent qu'une canalisation de gaz avait pris feu ; des camions de pompiers et des ambulances arrivèrent sur place. On soigna les coupures que m'avaient faites les éclats de verre.

« Je croyais vous avoir demandé de rester discret », dit sombrement Polizzi en me remettant mon argent le lendemain. Puis, souriant : « Mais vous m'avez tellement fait rire avec ce carnage que j'ai décidé de vous donner une prime de 500 000 lires. » Plus jamais je n'ai touché à l'explosif.

Une autre fois, j'ai utilisé le poison. Un médecin parisien m'avait demandé d'assassiner sa fille, une adolescente de dix-huit ans. Il m'expliqua que c'était une traînée, la honte de sa famille, et qu'il ne supportait plus qu'elle salisse son nom. Il me montra d'elle des photographies qui me laissèrent pantois : cette jeune fille aux cheveux de jais était la plus belle que j'eusse jamais vue. Je la filai durant plusieurs jours ; sa beauté surnaturelle me tenait éveillé la nuit. J'étais si fasciné que je ne pouvais me résoudre à saccager ce corps et ce visage parfaits, fût-ce au moyen d'une minuscule balle de revolver. Même un tir dans la nuque, là où la blessure serait cachée par ses cheveux, me paraissait impensable.

Pour ne pas gâcher sa vénusté, je versai donc un poison dans son verre à la terrasse d'un café. Au bout de quelques minutes, sa gorge et son ventre commencèrent de lui brûler. Elle se tordit de douleur et finit par perdre connaissance. On appela les pompiers ; elle mourut dans l'ambulance qui la transportait à l'hôpital. Le poison l'avait atrocement rongée de l'intérieur, mais au moins sa peau avait-elle gardé sa pâleur et sa pureté, comme celle d'une poupée de porcelaine.

Le carnet

J'avais dix-neuf ans lorsque j'ai rencontré Bastian Picker. C'était un jeune homme superbe et fanfaron, toujours tiré à quatre épingles, dont le beau visage était surmonté d'une épaisse chevelure qu'il n'entretenait pas. Il n'était pas beaucoup plus âgé que moi, mais j'avais l'impression que nous n'étions absolument pas de la même génération – de la même manière qu'on regarde comme très différents ceux de la classe supérieure lorsqu'on est écolier, alors qu'ils n'ont qu'un an de plus.

Garçon brillant, Bastian avait mis un terme prématuré à ses études au nom de sa passion pour la littérature : à ceux qu'il rencontrait, il se disait « écrivain en devenir », et c'est ainsi qu'il se présenta à moi. Il n'avait rien publié, mais disait travailler depuis l'adolescence à un long roman mêlant la fantaisie et l'autobiographie et qui, à l'en croire, aurait toutes les chances de faire sensation lorsqu'il le publierait. En attendant, il tâchait de se forger une réputation en écrivant sur les livres des autres et s'efforçait de fréquenter le beau monde, passant ses nuits dans les cafés d'artistes et rôdant dans l'entourage des hommes de lettres les plus prisés du moment.

Je dois dire qu'il se débrouillait assez bien ; il n'y avait pas une soirée littéraire à laquelle il ne fût invité, pas une exposition au vernissage de laquelle on ne le trouvât, pas un journaliste qui ne l'appelât par son prénom et se plût à médire en sa compagnie des autres écrivains de son âge – un sport où il excellait, bien que lui-même n'eût pas encore fait ses preuves. Souvent je lui demandais comment, avec toutes ces mondanités, il trouvait le temps de se consacrer à son œuvre. Hâbleur, il répondait qu'il ne dormait presque jamais et que son immense talent lui permettait d'obtenir beaucoup en travaillant peu. « Après une heure sur l'écritoire, un autre que moi aura fait quinze lignes qu'il lui faudra corriger le lendemain. Moi, j'aurai fait dix pages presque parfaites, et peut-être même un quatrain pour mon nouveau poème. »

La vérité était cependant tout autre : comme il me l'avoua un soir d'ivresse, Bastian n'avait écrit qu'une misérable poignée de feuillets qu'il avait chiffonnés et jetés presque aussitôt ; quant aux dizaines d'histoires qu'il disait avoir dans sa besace, prêtes à être couchées sur le papier, elles n'existaient tout simplement pas. Le tonitruant Bastian Picker n'avait aucune imagination, et se trouvait incapable de produire un simple conte tant il manquait d'idées. Sa détresse m'émut tellement que j'eusse aimé lui en fournir sur-le-champ, mais l'imagination n'était pas mon fort à moi non plus – sans compter que je l'aurais vexé.

*

Bastian crut avoir trouvé une solution à son problème lorsqu'il entra dans le cercle du grand Leopold Axeles, l'un des plus célèbres romanciers autrichiens de l'époque. Tous les jeunes loups éprouvaient de l'admiration pour cet ancien diplomate issu d'une famille noble, même si certains affectaient par orgueil de trouver des faiblesses à son style. J'avais moi-même lu tous ses livres et le tenais pour un digne héritier des maîtres du siècle passé. C'était aussi un catholique fervent, qui disait avoir longtemps hésité entre la littérature et les ordres ; il avait consacré plusieurs essais à la foi et à la théologie (on en attendait un nouveau prochainement), et connaissait personnellement tous les évêques d'Allemagne et d'Autriche.

Axeles vivait à Vienne et participait à la vie littéraire de son temps. Il tenait chronique dans plusieurs journaux, était juré dans des prix et aimait s'entourer de jeunes romanciers auxquels il dispensait des conseils et des félicitations. Bastian fit des pieds et des mains pour être admis dans sa compagnie ; Axeles le prit en sympathie et l'invita régulièrement aux dîners qu'il organisait dans son appartement de la Parisergasse, à deux pas du palais de justice – dîners dont il n'est pas utile de préciser qu'ils étaient fort courus.

À la différence de Bastian, Axeles possédait une imagination sans limites. Sa bibliographie comportait une vingtaine de romans et plus de cent contes et nouvelles, dont aucun n'était banal. Rien que cela suffisait à m'étourdir, et je me demandais comment il prenait tant d'idées dans ses filets. Il possédait un carnet à la couverture de cuir qu'il ne quittait jamais ; il le gardait dans la poche de son veston, à portée de main, et s'en saisissait chaque fois qu'une idée lui venait pour la noter. J'ai lu que Tchekhov en avait un lui aussi et qu'il le sortait parfois de son tiroir pour le brandir en disant : « Cent sujets ! Oui, monsieur ! Vous, les jeunes, vous ne m'arrivez pas à la cheville ! Si vous voulez, je peux vous en vendre un ou deux ! » Axeles se comportait un peu de la même manière. Lorsqu'on dînait avec lui ou qu'on l'accompagnait dans un café, il était fréquent qu'il cesse de bavarder pour chausser ses lunettes et, ayant sorti son carnet, y griffonner quelques mots dont il prenait soin qu'on ne les voie pas. « Continuez, continuez », disait-il en notant ; on se demandait alors ce que l'on avait pu dire d'intéressant et, surtout, comment cela se retrouverait dans son prochain livre. D'autres fois, il ne dégainait son carnet qu'à la fin du dîner et, avec le stylo qu'il trouvait dans la coupelle où le serveur avait placé l'addition, se mettait à prendre des notes en expliquant qu'il rassemblait tous les sujets de nouvelles qu'il avait entendus pendant le repas. Le carnet était devenu partie intégrante du personnage et il eût été aussi surprenant de le voir sortir sans lui que de l'imaginer arrivant nu à un concert.

On aura deviné la convoitise que suscitait chez Bastian ce petit cahier truffé d'idées et d'anecdotes ; il y avait là suffisamment de matière pour toute une vie d'écriture. Posséder le carnet fut d'abord pour Bastian un rêve un peu fou, pareil aux projets de voyage qu'on lance en sachant qu'on ne les réalisera pas ; il y pensa tant qu'il finit néanmoins par se convaincre que c'était la seule issue possible à son problème, et le carnet devint chez lui une idée fixe. Il *devait* le dérober, coûte que coûte. Il m'informa de son projet un soir que nous dînions dans une brasserie de la Seilergasse. Je trouvai l'idée malhonnête et tentai de le dissuader.

– Mais enfin, lui dis-je, tu n'oserais tout de même pas dérober ses idées à Axeles !

– Il dit en avoir cent et mille ! rétorqua-t-il. Si je les lui vole, il commencera dès le lendemain un autre carnet qui sera plein au bout de quinze jours ! Et puis cela lui apprendra à nous narguer en prenant nos idées au vol dans les conversations.

Je demeurai perplexe.

– Supposons que tu réussisses à lui subtiliser son carnet, ce que je crois impossible ; il ferait tant de scandale que tout Vienne serait au courant. Lorsque tu publieras les contes inspirés des idées que tu lui auras volées, il te démasquera et te dénoncera.

– Je prendrai mes précautions, répondit Bastian d'un air assuré. D'abord, je changerai un peu ses intrigues, de manière à brouiller les pistes ; et puis les noms des personnages seront différents, cela va sans dire. Ce qu'il me faut, ce sont des points de départ, vois-tu, rien de plus ; après quoi je suis certain que mon imagination, éveillée par cette stimulation, se mettra en branle et donnera aux débuts qu'a imaginés Axeles des développements qu'il aurait été incapable de concevoir. Je mélangerai ses idées, je changerai les décors qu'il avait prévus, et il n'y verra que du feu.

Il resta un moment silencieux, puis ajouta :

– Et puis, même s'il a des doutes, comment prouvera-t-il que je les lui ai volées, ses idées ? Eh ! Est-ce ma faute, à moi, si nous avons les mêmes ? Ce serait la preuve que je suis un aussi bon écrivain que lui, voilà tout.

Sur ces paroles, il acheva son dessert, vida son verre, mit son chapeau et m'abandonna. Je demeurai convaincu que voler le carnet d'Axeles était une mauvaise idée mais, faute d'avoir pu ramener Bastian à la raison, j'attendis avec impatience de voir comment il allait s'y prendre.

*

Comme c'était prévisible, le projet s'avéra difficile à réaliser. Axeles, on l'a dit, gardait toujours son carnet dans la poche de son veston ; il l'y remettait sitôt qu'il avait fini de l'utiliser et ne le laissait jamais traîner sur une table ou un comptoir où on aurait pu le ramasser discrètement, en profitant de ce qu'il avait le regard ailleurs. Bastian s'efforça de se trouver aussi souvent que possible dans son environnement proche afin de ne manquer aucune occasion. « Il y aura bien un moment où il oubliera de remettre son carnet dans sa poche, disait-il ; alors j'agirai. » Il suivit Axeles partout : dans les restaurants, dans les cafés, dans les églises où il écoutait la messe cinq fois par semaine et dans les bibliothèques où il allait travailler l'après-midi. Dans le silence et la pénombre des salles d'étude, Bastian s'asseyait non loin de lui et, caché derrière un grimoire qu'il prenait au hasard dans les rayons, le surveillait du coin de l'œil, prêt à sauter sur l'objet de sa convoitise. J'ignore combien d'heures il a passées ainsi, stoïque, à attendre l'instant crucial où Axeles laisserait son carnet sans surveillance.

– C'est un homme méticuleux et très ordonné, m'expliqua-t-il. Il s'assied toujours à la même place, fait venir les livres dont il a besoin et s'absorbe dans l'étude. Le plus souvent, il prend ses notes sur des feuilles volantes qu'il rassemble ensuite dans des chemises en carton coloré. J'ignore sur quoi portent ses recherches, car rien n'est inscrit sur ces chemises ; je sais simplement que les livres qu'il consulte traitent d'histoire religieuse et de philosophie, ce qui laisse à penser qu'il achève l'essai dont il parle depuis des mois.

– Et le carnet ?

– Il s'en sert assez rarement. Parfois je le vois fouiller dans ses poches et en sortir des morceaux de papier qu'il aligne soigneusement sur sa table. Il enfonce ensuite la main dans son veston : mon cœur se met alors à battre à tout rompre, car je sais que le carnet y est rangé. Il le sort, l'ouvre, prend son stylo et commence d'y écrire. On dirait qu'il recopie les morceaux de papier disposés devant lui.

– Peut-être note-t-il des idées à la volée sur des tickets de train et des additions avant de les reporter tranquillement dans son carnet ?

– Peut-être. Toujours est-il qu'après avoir refermé ce fichu carnet, il le replace immédiatement dans son veston. Et lorsqu'il ne le fait pas, il le garde si près de lui qu'il est impossible de le lui subtiliser sans qu'il s'en rende compte.

– C'est contrariant.

– En effet. Hier pourtant, j'ai cru mon jour de chance arrivé : vers cinq heures, après tout un après-midi de lecture, Axeles a sorti le carnet pour y griffonner quelques mots. Il a rebouché son stylo, pris sa pipe et sa blague à tabac, s'est levé en faisant grincer sa chaise et a quitté la salle d'étude. Je me suis précipité vers sa table : le carnet était là.

– Mais alors, tu as pu t'en emparer ?

J'étais soudain très excité.

– Hélas non, répondit Bastian. Au moment où j'allais mettre la main dessus, Axeles a réapparu : il avait oublié ses allumettes dans son manteau. J'ai dû feindre la surprise. « Monsieur Axeles, ai-je dit, quelle joie de vous rencontrer ici ! » Je lui ai expliqué que je faisais des recherches pour mon livre ; il m'a répondu que c'était une très bonne chose, qu'une documentation solide était un bon point d'appui pour un jeune romancier, et toutes sortes de considérations condescendantes dans le même genre.

– Et ensuite ? Est-il parti la fumer, cette satanée pipe ?

– Oui, mais je n'ai pas pu faire autrement que de l'accompagner. Même si j'avais pu rester dans la salle d'études pour ravir le carnet, ses soupçons se seraient tout de suite portés sur moi.

Bastian vida son verre de whisky (il buvait énormément depuis quelque temps).

– Et de toute façon il a remis le carnet dans la poche de son veston avant que nous ressortions.

*

La comédie dura presque six mois. Obsédé par le carnet et les sujets de livres qui s'y trouvaient, Bastian régla sa vie en fonction de celle d'Axeles, terrorisé à l'idée de ne pas être présent lorsque l'occasion de s'en emparer se présenterait. Souvent je me disais que s'il avait consacré à l'invention d'histoires qui lui fussent propres l'énergie qu'il mettait à dérober celles qu'avait imaginées un autre, il aurait de quoi remplir tout un recueil. Lorsque je le lui disais, il faisait néanmoins mine de ne pas m'entendre : Bastian avait définitivement pris son parti de la sécheresse de son imagination et n'avait plus pour idée que de vampiriser celle d'Axeles. J'étais de plus en plus dubitatif à l'égard de la manière dont il voulait entrer en littérature, et songeai que tout cela n'était pas très honorable.

Toujours est-il qu'il parvint finalement à s'emparer du carnet. J'étais dans un café lorsqu'il fit irruption, très excité. Il vit que j'étais en conversation avec une jeune femme et eut la délicatesse de ne pas nous interrompre : accoudé au bar, il se contenta de me fixer en souriant bêtement et de caresser avec sensualité la poche de son imperméable pour que je comprenne que le carnet s'y trouvait. Comme mon entretien avec la jeune fille s'éternisait, il paya ses verres et s'en alla, non sans m'avoir invité par un signe de la main à le retrouver chez lui dans la soirée.

Je fus au bas de son immeuble vers huit heures. J'étais impatient de découvrir le contenu du carnet et grimpai deux à deux les marches de l'escalier. J'arrivai essoufflé devant la porte de l'appartement de Bastian, au cinquième et dernier étage ; je sonnai, m'attendant à découvrir le visage radieux d'un jeune homme réconcilié avec la littérature et prêt à commencer sur-le-champ le premier chapitre de son premier roman. Il ouvrit : curieusement, il arborait une mine déconfite. Tout était en désordre chez lui, comme après une querelle. Je n'osai lui demander les raisons de son humeur et de ce capharnaüm.

– Alors, le carnet ? parvins-je enfin à articuler.

– Le carnet ? Ah ! Le carnet ! La boîte à idées du grand Axeles ! éclata-t-il. Tiens : regarde toi-même !

Il ramassa le carnet et me le lança comme un vulgaire plan de tramway. Je l'ouvris au hasard et lus à voix basse, incrédule. Bastian, hors de lui, tournait en rond en maugréant.

– Mille idées de roman, mon œil ! Un simple livre de comptes, voilà tout ! Cet ignoble vieux radin note scrupuleusement ses moindres dépenses, jusqu'au plus petit *pfennig* ! Ah, la vieille crapule ! L'Harpagon dégueulasse ! Les journaux, les livres, les dîners, le tailleur, l'électricité, tout y est, avec la date ! Et parfois même avec l'heure !

J'étais ébahi ; je fis défiler les pages sous mon pouce en voulant croire qu'une ou deux idées de contes se cachaient malgré tout quelque part, mais ne vis partout que des colonnes de chiffres impeccablement alignées.

– Mais c'est impossible, dis-je. Il a berné son monde depuis le début ?

– Depuis le début, et moi le premier ! éclata Bastian.

Excédé, il se rua sur sa bibliothèque et entreprit de déchirer méthodiquement les pages des livres d'Axeles qu'il possédait. Il ne se calma qu'après les avoir tous réduits en miettes. Ce lamentable fiasco marqua la fin de ses ambitions littéraires ; le lendemain, il décidait de se lancer dans la politique et fondait un nouveau parti dont je devins le premier militant. Il prit tout de même le temps de se venger d'Axeles en révélant grâce au carnet que le grand écrivain catholique allait aux putes deux fois par semaine dans un bordel de la Vereinsgasse, et que cela lui coûtait très exactement deux cents marks par mois. Le scandale éclipsa complètement la parution de l'essai sur la morale et la foi que le pauvre homme achevait d'écrire quelques mois plus tôt à la bibliothèque, sous l'œil envieux de son admirateur d'alors.

Extraordinaire Pierre Gould

Durant quatre ans, Pierre Gould a fait un rêve feuille-ton dont l'intrigue reprenait chaque nuit là où elle s'était arrêtée la veille. Souvent, vers onze heures du soir, il nous saluait et partait en disant : « Je vais me coucher, j'ai hâte de savoir la suite. »

*

Pierre Gould possédait un pèse-personne qui, lorsque j'y ai posé les pieds, m'indiqua un chiffre extravagant. Je lui signalai qu'il ne fonctionnait pas. « Il marche parfai-tement bien, rétorqua-t-il, je l'ai construit moi-même. » Je lui dis le poids que je lisais sur le cadran et lui répétai qu'il ne pouvait pas être exact. « C'est une balance *totale*, répondit-il en souriant. Elle te dit non seulement si tu as grossi ou maigri, mais aussi si tu as le cœur lourd ou léger. Ainsi jouis-tu d'un point de vue complet sur toi-même à chaque fois que tu y grimpes. »

*

– Mon arbre généalogique est terminé, annonça un jour Pierre Gould.
– Jusqu'où es-tu remonté ? demanda l'un d'entre nous.

– Jusqu'à Adam et Ève. Je viens de vous le dire : il est *terminé*.

*

Pierre Gould écrivit un roman intitulé *Histoire d'un dormeur* qui était selon lui le lipogramme le plus contraignant du monde : il s'était interdit toutes les lettres de l'alphabet, sauf le z. Cela donnait : « Zzzz, zzzz, zzzz », et ainsi de suite sur trois cents pages.

*

Pierre Gould m'expliqua qu'il lui était impossible d'entrer dans aucune bibliothèque. Je lui demandai pourquoi, et il raconta l'histoire suivante : « J'ai passé en bibliothèque plus de temps que la plupart des gens. Pendant dix ans, je me suis rendu dans la même salle de lecture, m'installant toujours à la même table, m'asseyant toujours sur la même chaise. À côté de moi, il y avait toujours le même vieux fou au crâne glabre et aux yeux myopes ; il y voyait si mal qu'il se courbait sur ses livres jusqu'à les toucher du bout du nez. Toutes les trente minutes, il sortait de son sac un croûton de pain qu'il avalait en silence. J'imagine que ces croûtons constituaient sa seule nourriture. Un jour, il disparut ; ses livres étaient posés à sa table, mais lui n'était plus là. Inquiet, je demandai de ses nouvelles à un autre habitué. Celui-ci sourit et souleva l'un des livres du vieux fou, découvrant un gros rat gris qui grignotait en silence un croûton. Vu les années que j'ai passées déjà parmi les livres, j'ai peur de subir le même sort si j'en rencontre de nouveau. »

*

Entre autres métiers, Pierre Gould a été surveillant dans un internat de garçons. Conversation avec des parents d'élèves, un jour de rentrée.

Une mère : Mon fils n'a pas de lit, monsieur.

Une autre : Et le mien non plus.

Gould : Cela va s'arranger.

Un père : Comment une telle situation est-elle possible ?

Gould : C'est tout à fait normal, monsieur.

Une mère : Vous trouvez ?

Gould : Nous inscrivons toujours plus d'élèves que nous n'avons de lits.

La même mère : Mais c'est absurde !

Gould : Tout sera rentré dans l'ordre demain.

Le père : Vous aurez davantage de lits ?

Gould : Non. Nous aurons moins d'élèves.

La mère : Que voulez-vous dire ?

Gould (*tournant les talons et s'en allant*) : Le bizutage, madame, le bizutage.

*

Pierre Gould acheta un jour une montre qu'il nous fit voir avec fierté. Le cadran comportait vingt-quatre divisions au lieu des douze habituelles et les aiguilles, plantées à la verticale, demeuraient immobiles.

– Elle ne fonctionne pas.

– Bien sûr que si, rétorqua Pierre.

– Tu vois bien que non.

– Ce n'est pas parce que l'aiguille ne tourne pas qu'elle est cassée, dit-il avec agacement. C'est une montre à rebours : elle ne décompte pas le temps qui passe, mais le temps qui reste.

Intrigués, nous réclamâmes un surcroît d'explications.

– Cette montre connaît la date et l'heure de la mort de celui qui la porte. Tant qu'elle ne se déclenche pas, je suis tranquille : je sais que ma mort n'est pas pour demain. Mais le jour où elle commencera de tourner, je saurai qu'il ne me reste que vingt-quatre heures à vivre. Il m'appartiendra alors d'employer mon temps au mieux, jusqu'à ce que son mouvement s'arrête – exactement au même moment que mon cœur.

Durant les mois qui suivirent, il ne se passa pas cinq minutes sans que Pierre ne regardât d'un air inquiet si la montre à son poignet ne s'était pas mise en marche. Conscient que la peur de mourir lui dévorait l'existence, il finit par s'en débarrasser.

*

Pierre Gould revint d'un long voyage en compagnie d'une jeune femme brune qui, pour seul vêtement, portait une couverture bigarrée. Elle allait pieds nus, dévoilant ses chevilles et le bas de ses mollets ; elle ne disait rien et se tenait immobile derrière Pierre en regardant dans le vide.

– Qui est-ce ? demanda l'un d'entre nous.

– Pardon ?

– La fille.

Pierre sembla surpris et se retourna.

– Oh, elle ! Je l'ai prise pour la finir dans le métro, mais n'en ai pas eu le temps finalement.

Sa réponse nous laissa sans voix.

– C'est un livre, expliqua-t-il. Je présume que c'est la première fois que vous en voyez un de cette sorte.

Nous acquiesçâmes.

– Dans le pays dont je reviens, le papier est hors de prix, on le réserve à la fabrication des classiques et des dictionnaires. Les écrivains n'ont donc pas d'autre solution que de se tatouer leurs textes sur la peau, se mettre une couverture sur le dos et d'aller se vendre eux-mêmes en librairie.

Il considéra pensivement sa femme-livre.

– Ici, le premier chapitre est écrit sur la gorge, les deux suivants sur chaque sein, le quatrième sur le ventre, et ainsi de suite jusqu'aux cuisses. Ensuite, il faut la retourner. Beaucoup d'auteurs se font graver la fin sur les fesses, et le dénouement dans l'intimité.

Pour preuve, il souleva la couverture de la jeune fille, et nous vîmes que sa peau était couverte de minuscules caractères d'imprimerie.

– Vous n'imaginez pas comme cela encourage l'amour de la littérature, ajouta-t-il. Là-bas, les jeunes gens ne lisent plus les livres : ils les dévorent.

Puis, ironique :

– Ce vice impuni, la lecture…

*

Pierre disait souvent que l'âme d'un pays tient dans une phrase ou un poème. À propos du Chili, où il avait plusieurs amis et dont la géographie tout en hauteur le fascinait, il citait ce merveilleux poème de Vincente Huidobro : « Les quatre points cardinaux / sont au nombre de trois / : le Nord / et / le Sud. » Quant aux pays communistes, il aimait à évoquer ce panneau indicateur que l'écrivain Jan Zabrana avait vu en Tchécoslovaquie : « En raison de travaux sur la voie de déviation, la route nationale est momentanément réouverte. »

*

« Le curé du village où j'ai grandi terrifiait les enfants à cause de son œil de verre, nous raconta Pierre Gould, à tel point qu'aucun d'eux ne voulait aller à la messe. J'étais le seul à n'être pas effrayé ; au contraire, l'œil de verre du curé me fascinait, et je ne pouvais m'empêcher de le fixer du regard. Un jour, j'ai eu un doute : il m'avait toujours semblé que l'œil de verre était le gauche, or il était à présent à droite. Intrigué, j'allai voir le curé après l'office et lui demandai naïvement s'il avait changé son œil de côté. "Mais parfaitement, répondit-il. Tu es très observateur. Regarde." Alors, sous mes yeux effarés, il s'énucléa les deux globes et les fit tomber dans ses mains. L'un était en verre, l'autre était le vrai. Il jongla avec puis se les fourra de nouveau dans les orbites, ferma les paupières et les rouvrit en souriant. L'œil de verre était revenu du côté gauche. »

*

Pierre Gould s'est toujours voulu poète. Mais chaque fois qu'il a tenté d'écrire, il est resté prisonnier de son humour noir et n'a composé que des strophes d'un cynisme révoltant. Je me souviens d'un texte qu'il nous récita en ricanant et qu'il avait imaginé en se promenant dans Paris un soir d'hiver :

> *Il était assis par terre,*
> *les yeux perdus dans le vide.*
> *Son regard était amer,*
> *son teint pâle, presque livide.*
> *Il tenait entre ses mains*

un écriteau où j'ai lu :
« Aidez-moi, j'ai froid, j'ai faim,
chaque nuit je dors dans la rue. »
J'ai sorti mon portefeuille,
j'en ai tiré un billet.
Je lui ai fait un clin d'œil,
dans mes doigts je l'ai froissé.
J'ai pris un air affecté,
d'une voix douce je lui ai dit :
« Tu peux toujours te gratter,
tu n'auras pas un radis. »

*

Durant plusieurs mois, Pierre Gould souffrit d'insomnies. Il nous rejoignait le matin avec des cernes effrayants sous les yeux, l'air épuisé. Lorsque nous lui demandâmes pourquoi il ne trouvait pas le sommeil, il répondit qu'il dormait au contraire très bien mais qu'il se contraignait à veiller le plus longtemps possible. « Chaque fois que je dors, expliqua-t-il, je fais le même rêve : le temps s'allonge, les minutes deviennent des jours, les jours deviennent des siècles. Je suis seul dans un grand couloir blanc, et j'attends. C'est long, horriblement long, et je me réveille avec l'humeur d'un type qu'on vient de libérer après trente ans de prison. Du coup, je préfère ne pas m'endormir, car je sais que je vais m'ennuyer pendant des semaines dans ce foutu couloir. »

*

Trois projets signés Pierre Gould : un annuaire permanent des donneurs de leçons, rédigé en équipe et actualisé chaque mois, qui recenserait tous les pédants, cuistres et pontifiants sévissant dans les journaux et sur les ondes ; un guide des écrivains surestimés, stigmatisant quelques littérateurs morts ou vivants, à la mesure de leur réputation ; une anthologie des jurisprudences gondolantes, qui rassemblerait les cas les plus curieux dont ont eu à connaître les juridictions judiciaires et administratives au cours du dernier siècle.

*

L'impatience de Pierre Gould est sans limites. Le jour où, jeune homme, il décida qu'il serait écrivain, il commença par rédiger une note testamentaire pour léguer ses futurs manuscrits à la Bibliothèque nationale. Le lendemain, il courait la ville pour trouver des traducteurs. Le troisième jour, il déposait deux cents titres à l'Institut national de la propriété intellectuelle. Le quatrième, il appelait des journalistes pour s'assurer de bonnes critiques. Et dix ans plus tard, bien sûr, il n'avait toujours pas écrit un mot.

*

« J'ai fait un rêve tout à fait curieux, nous disait Pierre Gould l'autre soir. Une épidémie de choléra s'était abattue sur le pays, des millions de personnes étaient mortes. J'ai moi-même été malade et suis tombé dans un profond délire. Lorsque j'en suis sorti, ma mère et ma nourrice agenouillées au pied de mon lit me souhaitaient la bienvenue en souriant. J'ai peu à peu repris des forces ; après deux semaines, j'étais rétabli. Mieux, j'avais l'impression d'avoir rajeuni ; j'ai aussitôt repris mon travail. Un matin, Maman est rentrée du marché et a annoncé que le père Lenoir était mort durant la nuit et que l'enterrement

166

avait lieu le lendemain. Nous y sommes allés ensemble. À ma surprise, le cercueil ne mesurait pas plus de soixante centimètres ; j'ai demandé à Maman ce qui était arrivé au pauvre père Lenoir, mais elle a paru ne pas comprendre et m'a dit que ce n'était pas le moment de plaisanter. Après la mise en terre, nous avons présenté nos condoléances à la veuve ; mes jambes ont tremblé lorsque je me suis aperçu qu'il s'agissait d'une fillette d'environ quatre ans. Incapable de dire un mot, j'ai pris ses petites mains dans les miennes et les ai longuement serrées. Lorsque nous sommes rentrés à la maison, j'ai exigé de Maman qu'elle m'explique ce que signifiait cette comédie. Elle m'a répondu en riant que j'étais bien sot : nous étions morts, elle, moi et tous les autres, et rajeunissions à présent dans un monde parallèle en attendant de repasser de l'autre côté. À l'heure qu'il était, après son enterrement, le père Lenoir renaissait sur terre entre les cuisses d'une nouvelle mère ; nous connaîtrions le même sort d'ici quelques années, lorsque nous aurions remonté le temps jusqu'à l'âge d'être enterrés nous aussi ».

*

Le jour où nous demandâmes à Pierre son lieu de naissance, il se montra très embarrassé et refusa de répondre. Nous insistâmes, et il nous avoua qu'il n'avait jamais su dans quelle ville il avait vu le jour : Bruxelles, disait son père, Tokyo, disait sa mère, et lui possédait deux certificats de naissance datés du même jour, le premier aux couleurs du royaume de Belgique, le second à celles du Japon. Il nous montra deux photographies de lui bébé : sur la première, sa mère, vêtue d'un peignoir bleu, le tenait dans ses bras et son père les couvait du regard ; sur la seconde, sa mère, en chemise de nuit mauve, était penchée au-dessus de son berceau tandis que son père, debout derrière elle, fixait l'objectif. « Elles ont toutes les deux été prises le jour de ma naissance, à des milliers de kilomètres de distance. » Pierre se tut un instant, songeur, puis sourit. « Eh bien ! Si ça se reproduit à ma mort, vous serez bien ennuyés pour assister à mes deux enterrements. »

*

Saisonnalité de Pierre Gould : plusieurs années durant, ses cheveux ont suivi le destin des feuilles d'arbre. En octobre, ils ont viré du blond au roux ; en décembre ils sont tombés. Ils ont repoussé au printemps à une vitesse incroyable ; plusieurs fois, des oiseaux distraits se sont posés sur sa tête. « Le phénomène vaut aussi pour les poils de mon pubis, a-t-il un jour affirmé, et, croyez-moi ou non : lorsqu'ils repoussent, vers le mois d'avril, ils sont entièrement verts. » Et de brandir une touffe qu'on aurait dite cueillie dans une prairie, mais que lui prétendait avoir arrachée sur son bas-ventre au dernier printemps.

*

Pierre prétend souvent que tous les hommes naissent avec la même quantité de chance. Personne n'est chanceux, personne n'est malchanceux. Ce n'est que la manière dont la chance nous est dispensée qui nous conduit à dire que nous sommes tantôt l'un, tantôt l'autre : celui qui accumule les malheurs pendant six mois dira qu'il a la poisse, celui qui vient de gagner au jeu trouvera qu'il est verni. En réalité, ces expressions ne veulent

168

rien dire : la roue tournera forcément à un moment ou à un autre, et chacun mourra en ayant intégralement consommé la chance qui lui était allouée, la même pour tous. « C'est ici que la volonté peut intervenir, explique Pierre. Regardez-moi : au lieu de laisser mes périodes de chance et de malchance se succéder dans l'anarchie, je les fais alterner de manière régulière, pour n'être jamais pris en traître par le destin. Voulez-vous une démonstration ? » Nous proposons alors à Pierre des calculs mentaux surhumains (2 344 multiplié par 7 776, 57 600 divisé par 643, etc.) : il y répond au hasard, sans réfléchir, et tombe miraculeusement juste une fois sur deux. « Chance, malchance, chance, malchance, commente-t-il en souriant. Je suis réglé comme du papier à musique. » Alors nous troquons le calcul mental pour la culture générale ou, plus impressionnant encore, pour la traduction automatique dans des langues qu'il n'a jamais apprises, comme le balinais, le swahili ou le lituanien. Une fois sur deux sa traduction est correcte, et l'on jurerait avoir affaire à une sorte d'autiste surdoué s'il ne nous avait pas déjà habitués à tout.

*

Pierre Gould est un timide. Lorsqu'il est amoureux d'une femme, il s'efforce de n'en rien dire et, en présence de l'intéressée, feint la plus parfaite indifférence. Il en souffre, bien sûr, mais se trouve incapable d'avouer ses sentiments. Cela dure des mois, parfois des années, jusqu'à ce que sa passion s'apaise ou qu'il tombe amoureux d'une autre, plus jeune ou plus jolie. Alors, lorsqu'il rencontre son ancien désir, il bombe fièrement le torse et s'efforce d'être aussi désagréable que possible, pour bien marquer sa victoire. Et la pauvre fille, qui n'a jamais rien su des tourments qu'elle lui a inspirés, se demande ce qu'elle a bien pu faire pour mériter ça.

*

Pour devise, Pierre Gould avait choisi ces deux vers du poète Norge :

> *Ne plus croire qu'aux seules légendes*
> *et désapprendre la vie !*

L'oiseau rare

Les œufs peints de Jacques Armand l'avaient rendu célèbre dans le monde entier. Après avoir commencé sa carrière sur des surfaces planes, il avait choisi à l'âge de trente ans de ne plus exercer son art que sur des œufs. « L'œuf, disait-il, est de toutes les créations de la nature la plus parfaite, la plus pure et la plus belle. Il surpasse de loin la sphère, le cube et la pyramide. » Ses premières œuvres rencontrèrent vite le succès ; il devint en quelques années l'un des artistes les plus connus de son temps, et l'on disait « les œufs de Jacques Armand » comme on aurait dit « les bandes de Buren », « les bleus d'Yves Klein » ou « les compressions de César ».

Toutes ses œuvres étaient référencées selon le même protocole : d'abord le titre, puis le type de peinture, la nature de l'œuf et enfin ses dimensions (en millimètres) et son poids avant évidage (en grammes). Les plus célèbres s'intitulaient ainsi « *Paysage du Zambèze*, peinture à l'huile sur œuf d'autruche, 193 × 143 mm, 1 650 g », « *Femme triste à la toilette*, peinture à l'œuf sur œuf de poule, 53 × 43 mm, 60 g », « *Petit Essaim de mouches noires*, fusain sur œuf d'alouette, 25 × 17 mm, 4 g » ou « *Hommage à M.C. Escher*, crayon gras sur œuf de cygne, 115 × 76 mm, 350 g ». Leur prix atteignait des montants astronomiques et les collectionneurs se battaient à coups de millions pour posséder les plus chères.

J'ai rencontré Jacques Armand lors de la rétrospective que lui a consacrée le Musée national d'art moderne, en 1987. Il avait quatre-vingts ans et devait mourir peu après ; je garde pourtant de lui le souvenir d'un homme guilleret et malicieux, aussi beau parleur qu'il était grand peintre. Je travaillais à l'époque pour un journal artistique. Le rédacteur en chef avait décidé de consacrer deux pages à Jacques Armand. L'artiste voulut bien me rencontrer mais, plutôt que de me recevoir chez lui, proposa que nous nous promenions dans l'exposition, le soir, après la fermeture du musée. L'idée me parut bonne et j'allai au rendez-vous en compagnie du photographe du journal.

La rétrospective s'étendait sur huit salles et rassemblait trois cent cinquante œuvres. On y trouvait le premier œuf peint par Jacques Armand, ses séries les plus célèbres et, soigneusement mises en valeur, une douzaine de réalisations exceptionnelles, souvent montrées pour la première fois, comme ces dix œufs de poisson-lune peints à l'aiguille sous un microscope, dont le diamètre n'excédait pas un millimètre et demi et que l'on donnait à voir sous des globes de verre grossissant. On apprenait dans le catalogue que quatre-vingts sortes d'oiseaux et dix sortes de poissons étaient représentées, et que Jacques Armand avait utilisé plus de trente-cinq techniques différentes, dont certaines de son invention.

Le photographe fit son travail puis partit ; Jacques Armand et moi restâmes seuls dans le musée – presque seuls, en fait, car un gardien de nuit obèse y déambulait d'un pas traînant. Engoncé dans son gilet de laine, les lèvres cachées sous une barbe blanche qui lui donnait l'air d'un druide, Jacques Armand marchait d'un œuf à l'autre en parlant sans cesse, si bien que je n'avais presque jamais à lui poser les questions que j'avais préparées – il les devinait toutes et s'en posait parfois lui-même, comme pris d'un doute sur son œuvre. Il me demandait alors mon avis d'un air inquiet, puis méditait silencieusement ma réponse en regardant le plafond.

Il me parla des expéditions qu'il avait faites dans les îles du Pacifique pour trouver des œufs rares, des spécimens étranges qu'on lui expédiait des quatre coins du globe, des extravagances de certains collectionneurs qui voulaient des portraits sur œuf de colibri (« Je m'y suis épuisé les yeux ») ou des fresques bibliques sur œuf d'autruche ; il me tint aussi plusieurs discours philosophiques où le sens de la vie se ramenait toujours à une question d'œufs, comme si les œufs contenaient la solution de tous les problèmes que s'est posés l'humanité depuis Parménide. « Dieu, affirma-t-il solennellement en levant l'index, est une nuée de bonté luminescente qui a la forme d'un œuf. Il contient l'univers. »

Il me rapporta aussi plusieurs légendes. En Sibérie, les gens des villages croyaient que les sorciers étaient des êtres spéciaux, sortis de grands œufs en fer qu'avaient couvés des oiseaux mythiques. En France, on disait qu'un œuf pondu le Vendredi Saint et mangé à jeun le jour de Pâques protégeait contre toutes les maladies pour le restant de la vie. Enfin, j'eus droit à une longue conférence sur les œufs de Fabergé, dont il m'expliqua qu'il admirait leur magnificence mais qu'ils n'avaient pas grand-chose à voir avec son propre travail. Bien qu'il s'efforçât d'afficher de l'indifférence à l'égard de l'orfèvre russe, il était visiblement contrarié par sa célébrité.

Nous marchions parmi les œuvres lorsque, à la vue d'un gros œuf décoré d'une arabesque bleue, il eut un temps d'arrêt ; il paraissait troublé, comme s'il venait d'apercevoir le fantôme d'un ami disparu. Puis il toussota et me demanda de quoi nous parlions.

– Cet œuf…, murmurai-je sans le suivre.

Je m'approchai de l'œuvre : ce qui m'avait paru une arabesque était en fait un idéogramme. L'œuf était haut de vingt centimètres environ. Je lus le cartouche : « *Le Monstre*, peinture à l'huile sur œuf, 198×151 mm ».

– C'est étrange, constatai-je. Ni le type de l'œuf ni son poids ne sont mentionnés.

– C'est que je n'en ai jamais rien su, répondit Jacques Armand en revenant vers moi.

J'eus l'impression qu'il ne souhaitait pas en dire plus mais qu'il me demandait en même temps de l'interroger, comme s'il voulait me confier un secret. J'insistai.

– C'est une longue histoire, me dit-il. Je ne crois pas qu'elle intéressera vos lecteurs.

– J'aimerais la connaître.

– Comme vous voudrez. Mais…

Il regarda alentour, comme s'il craignait que nous soyons espionnés. J'imaginai alors le gardien obèse se cachant derrière un œuf de merle et ne pus m'empêcher de sourire.

– J'aimerais que vous n'en parliez pas dans votre article, dit Jacques Armand. Que cette histoire reste entre nous, et que vous ne la répétiez à personne. Promettez-moi.

Je promis, intrigué.

*

– L'œuf m'a été apporté voici vingt ans par une femme nommée Doris. Elle a frappé à la porte de mon atelier, à Montmartre, et m'a tendu un carton à chapeaux. J'y découvris, enfoui dans des copeaux de polystyrène,

174

l'œuf que vous avez devant vous. Lorsque je l'ai sorti de sa boîte, j'ai constaté qu'il ne pesait presque rien. Il avait déjà été vidé. J'en fus contrarié, car j'aime réaliser cette opération moi-même : l'évidage est la première étape du processus artistique, comme pour un peintre de préparer sa toile. La plupart du temps, les gens abîment la coquille. Le trou du haut est en général assez propre, mais celui du bas est trois fois plus large que nécessaire. Mais ce n'était pas le cas de celui-là, qui avait été vidé avec beaucoup de délicatesse.

« De quelle espèce est-il ? » demandai-je à Doris. « D'une espèce qui n'en pond pas », répondit-elle. Je la regardai sans comprendre ; il y avait dans son regard une sorte d'angoisse, comme si la coquille pâle que je tenais entre mes doigts la terrorisait. « Expliquez-moi cela », dis-je en lui offrant une chaise.

*

« C'était en décembre 1950, commença-t-elle. J'avais vingt-trois ans et travaillais dans un pensionnat de jeunes filles non loin de Nevers. Nous étions deux maîtresses d'internat par étage, chargées de surveiller dix chambres de quatre pensionnaires. Ma collègue était une demoiselle de quarante ans, laide mais très aimable, qui s'appelait Suzanne.

Un matin, donc, Suzanne vint me trouver dans ma chambre. Michelle est malade, m'annonça-t-elle, elle se plaint de douleurs au ventre et ne semble pas en état d'aller en classe. L'infirmerie était fermée ce jour-là et la neige rendait tout déplacement impossible. Michelle devrait donc garder le lit ; nous viendrions la voir toutes les heures.

Michelle resta couchée toute la journée. À l'heure du déjeuner, je lui apportai un potage ; elle refusa de rien manger et, le soir, n'avala qu'un quignon de pain et un quartier de pomme. Le lendemain, elle se plaignit de nouveau et refusa de se lever. Nous voulûmes faire venir le médecin mais elle protesta ; posant la main sur son front, je constatai qu'elle n'avait pas de fièvre, et commençai de croire à un caprice. Je lui ordonnai de quitter le lit, mais elle se mit à pleurer ; pour finir, je menaçai d'appeler la directrice, Mme Charmant (dont le seul nom faisait en général trembler les élèves), et la prévins qu'elle devrait être lavée et habillée lorsque je reviendrais, à la récréation de dix heures. Évidemment, à mon retour, elle était toujours couchée. Furieuse, je haussai le ton. "Tu l'auras voulu, dis-je : je vais chercher Mme Charmant."

L'arrivée de cette dernière n'impressionna pas Michelle. La directrice s'emporta aussitôt : elle tira violemment les draps et saisit Michelle par le bras. Celle-ci se débattit en criant et reçut une claque retentissante. Suzanne fit à son tour irruption dans la chambre ; ensemble, nous immobilisâmes la jeune fille, défîmes son lit et la jetâmes au sol. Ce que nous vîmes alors nous sidéra : le drap blanc était horriblement sali, de même que la robe de nuit de la jeune fille ; il y avait du sang partout. Au milieu du lit souillé, nous découvrîmes un œuf, *cet* œuf, taché de longues coulures brunâtres. Agenouillée par terre, Michelle pleurait en regardant le monstre ovoïde qu'elle avait sans doute voulu couver. "Laissez-moi mon bébé", murmurait-elle entre deux hoquets.

Mme Charmant réagit la première : elle dit calmement qu'il fallait renvoyer Michelle chez elle, détruire cette chose et faire en sorte que personne ne sache rien de cette histoire. Elle nous demanda de nous en occuper immédiatement puis, d'un pas mal assuré, quitta la chambre et regagna son bureau.

Suzanne et moi rassemblâmes les draps immondes et les fourrâmes dans un sac que nous jetâmes aux ordures. Puis nous emmenâmes Michelle à la douche et appelâmes ses parents pour qu'ils viennent la chercher. À leurs questions, nous répondîmes simplement qu'elle avait la grippe. Lorsque tout fut en ordre, la directrice convoqua les camarades de chambre de Michelle dans son bureau. Était-elle sortie du lycée, était-elle allée dans les bois alentour, avait-elle dit quoi que ce soit qui leur avait paru étrange ? Les trois interrogatoires aboutirent chacun à un résultat différent. La première adolescente, Marie, soutint que Michelle n'avait pas quitté le lycée de la semaine et que ses douleurs l'avaient prise l'avant-veille dans la nuit. La deuxième, Renée, affirma que Michelle était sortie deux jours plus tôt, entre la fin des cours et le dîner ; au retour, elle tenait son manteau roulé en boule contre son ventre, comme pour y cacher quelque chose. La troisième, Clotilde, déclara s'être disputée avec Michelle la semaine précédente et l'avoir délibérément ignorée depuis.

Perplexe, Mme Charmant les renvoya. L'œuf l'intriguait, mais elle avait surtout peur du scandale : il ne fallait pas que cette affaire nuise à la réputation du pensionnat. Elle nous demanda ce que nous avions fait de la *chose*, comme si elle ne pouvait se résoudre à appeler l'œuf par son nom. J'expliquai que Suzanne et moi l'avions caché dans le réduit à côté de ma chambre. Elle nous pria de nous en débarrasser au plus vite et de la manière que nous voudrions, puis de n'en plus jamais parler. »

*

177

Je coupai Doris dans son récit. « Vous avez violé ses consignes, puisque l'œuf est intact et que vous me racontez tout. »

« Mais l'histoire n'est pas finie », rétorqua-t-elle.

*

« Suzanne voulait détruire l'œuf au plus vite : pour elle, il constituait une déviance abominable et ne devait être vu par personne. Pourtant, ni elle ni moi ne parvînmes à passer à l'acte ; je ne sais pourquoi, nous n'eûmes pas le courage de nous en débarrasser. Au bout de quelques jours, c'était devenu une sorte de tabou : nous devions le faire, mais nous nous refusions à en parler. Visiblement, Suzanne avait aussi peur que moi. Je songeai bien à agir seule, mais j'en fus incapable.

Je le regrette aujourd'hui, car le souvenir de ce qui arriva ensuite me torture encore. Une nuit, un mois après que nous avions découvert l'œuf, je fus réveillée par des bruits tout proches. Je crus d'abord qu'il s'agissait de souris sous les greniers du bâtiment, mais je me rendis vite compte que cela provenait du réduit où nous avions caché l'œuf. Inquiète, je mis mes pantoufles, pris la torche sur mon chevet et sortis ; la porte du réduit était ouverte. Je braquai le faisceau de ma lampe à l'intérieur : Suzanne se tenait debout, nue, et appliquait la base de l'œuf contre ses lèvres ; elle avait pratiqué deux trous dans la coquille et aspirait son contenu en laissant dégouliner sur son menton un liquide translucide et répugnant.

Surprise en pleine profanation, elle me lança un regard méprisant. Comme je restai muette, elle acheva sans se presser son ignoble festin, épuisant l'intérieur de l'œuf avec des bruits de succion. Lorsqu'elle eut terminé, elle remit la coquille vide à la place où nous l'avions cachée, sortit du réduit et regagna sa chambre sans faire attention à moi, éructant même au moment de refermer sa porte. Hagarde, je demeurai plantée là, ma torche à la main. Incapable de rien décider, je retournai me coucher. Je me rendormis aussitôt. Le lendemain, je pus vérifier que je n'avais pas rêvé : l'œuf était là, dans le réduit, propre et léger comme une balle de ping-pong.

Il y resta jusqu'à la fin de l'année. Lorsque le pensionnat a fermé ses portes pour l'été, je l'ai caché dans ma valise en l'entourant de vêtements et l'ai ramené chez moi. J'ai trouvé un autre travail et ne suis pas retournée au pensionnat. Je n'ai jamais revu Suzanne. »

*

Jacques Armand se tut. Nous considérâmes pensivement l'œuf de Michelle avant d'être tirés de notre contemplation par le gardien qui passait près de nous en sifflotant. J'étais dans la même disposition d'esprit qu'après avoir vu au cinéma un film très angoissant, sans parvenir à penser à autre chose. Je tentai d'imaginer l'allure de l'œuf lorsque Doris l'avait découvert dans le lit souillé de Michelle, et me demandai s'il fallait croire son récit.

– Vous pensez que cette histoire est vraie ? demandai-je.

– Je n'ai aucun doute là-dessus, répondit Jacques Armand. Doris n'a rien inventé du tout, j'en suis sûr. La seule chose que j'ignore, c'est si l'œuf a bien été pondu par Michelle. Doris en était convaincue, mais elle n'en avait pas la preuve. L'idée que la jeune fille ait pu le trouver dans les bois n'est pas vraisemblable : aucun oiseau n'est capable de pondre un œuf pareil. Mais enfin, je ne suis sûr de rien. A-t-elle rencontré un monstre dans la forêt ? Peut-être que c'était elle, le monstre.

– Est-elle toujours en vie ?

– Michelle ? Aucune idée. Je suppose qu'elle est devenue folle. Il faudrait chercher dans les registres des asiles de la région, peut-être qu'on retrouverait sa trace. À moins que des plumes aient poussé sur ses bras, que ses pieds se soient transformés en serres et qu'elle se soit envolée depuis le balcon de sa chambre. Après tout, une adolescente qui pond un œuf peut très bien se changer en oiseau.

Cette plaisanterie me mit mal à l'aise.

– Avez-vous su tout de suite ce que vous alliez peindre sur la coquille ? demandai-je à Jacques Armand.

– Non. En fait, j'ai longtemps été bloqué par le fait de ne pas savoir ce qu'elle avait contenu – du blanc et du jaune, comme dans l'œuf d'une poule, ou un fœtus, comme dans le ventre d'une femme, ou encore une mixture des deux. L'incertitude me paralysait, je trouvais indécent de rechercher la beauté sur un matériau qui avait peut-être abrité une vie humaine.

Il s'interrompit, puis se corrigea.

– Non, pour être tout à fait exact, ce qui m'arrêtait n'était pas l'incertitude proprement dite, mais la possibilité de *savoir*. La peur que si je peignais la coquille Suzanne débarque dans mon atelier pour m'annoncer qu'elle digérait le contenu de l'œuf depuis vingt ans et qu'elle voulait à présent le régurgiter dans la coquille. C'est absurde, mais j'avais l'impression que l'œuf lui appartenait, et que je ne pouvais pas me l'approprier en faisant de lui un Œuf de Jacques Armand. En un mot, et pardonnez-moi si je ne suis pas clair, j'aurais été terriblement déçu si j'avais appris que l'œuf n'était pas humain, et complètement terrorisé si j'avais été certain qu'il l'était. Dans les deux cas, je ne pouvais pas le peindre.

– Que s'est-il passé ?

– Deux ans plus tard, j'ai reçu de Doris une lettre où elle m'apprenait la mort de Suzanne. Elle l'avait retrouvée par hasard quelques mois plus tôt : la pauvre vieille était à la retraite et vivait seule à Paris. Elles prirent le thé et bavardèrent des heures. À la fin, Doris ne put résister à l'envie de reparler de l'œuf. Suzanne eut un rire mystérieux et lança quelque chose comme : « L'œuf, bien sûr. Quelle histoire, n'est-ce pas ! »

– C'est décevant.

– En effet. D'un autre côté, cela m'a soulagé. Dans sa lettre, comme je viens de vous le dire, Doris annonçait que Suzanne était morte peu après. « L'œuf a-t-il été pondu par une femme ou par un oiseau ? Personne ne le saura, désormais. » Elle avait raison et, étrangement, cela me libéra. J'avais été incapable de peindre l'œuf par crainte de savoir qu'il était bel et bien humain, j'allais maintenant pouvoir le faire parce que j'en avais la conviction, mais que je n'en aurais jamais la preuve. C'est étrange, non ? J'ai finalement réalisé cette œuvre très vite, en trois nuits. Je l'ai faite simple, afin qu'elle n'attire pas l'œil et ne soit remarquée que par les amateurs avertis. Je veux qu'elle conserve son secret. Elle est peut-être la moins connue de toutes mes pièces, mais lorsque je la regarde, je crois que c'est l'une des plus belles.

– Le dessin sur la coquille a-t-il un sens ?

– Oui. C'est un symbole chinois qui désigne un oiseau mythique dont on prétend qu'il enlevait les bébés dans leur berceau pour les dévorer.

J'admirai l'œuf qui, tout à coup, me parut dégager une lumière plus intense.

– Peut-être écrirai-je un jour cette histoire. D'ici là, promettez à nouveau de ne rien dire à personne.

Je promis, et la visite s'acheva. Je quittai Jacques Armand en me demandant s'il ne s'était pas joué de moi.

Il mourut six mois plus tard. Je pense à lui chaque fois que je croise dans la rue une femme enceinte, songeant que peut-être un œuf est logé dans son ventre. Si sa coquille est peinte, c'est que Jacques Armand est au paradis et qu'il a soufflé au Créateur l'idée d'un nouveau monstre né d'une femme, façonné par la main de Dieu, mais décoré par son pinceau à lui.

Une beuverie pour toujours

I. Une maigre bibliographie

Dans le récit du tour du monde à pied qu'il fit en 1910, l'aventurier suisse Armand Rivezières évoque d'étranges ivrognes rencontrés sur les routes d'Europe centrale. Ils marchaient à la manière titubante des vide-bouteilles, parlaient fort et se disaient ses amis sans le connaître. Ils n'étaient pourtant pas soûls au sens médical du terme. « Leur haleine, dont j'ai pris une bouffée pour en avoir le cœur net, ne sentait pas l'alcool, précise Rivezières, et ils n'avaient pas la mine rougeaude de ceux qui sortent de la taverne après avoir trop bu. » Ce qui a le plus frappé le marcheur suisse, c'est qu'ils n'avaient qu'un mot à la bouche : « *Zveck.* » Un mot inconnu de lui et qu'il ne parvint pas à se faire expliquer par les habitants de la région, lesquels se dérobaient à ses questions en ricanant ou en arborant de petits sourires entendus.

> « *Zveck, zveck*, répétaient les ivrognes. J'ai d'abord cru qu'il s'agissait d'un tic de langage, comme lorsque nous autres insérons des "n'est-ce pas" et des "voyez-vous" dans toutes nos phrases. Je me suis également dit qu'ils souffraient, peut-être, de cette maladie qu'a découverte voici quelques années un neurologue de Paris, et dont les

victimes perdent la maîtrise de ce qui sort de leur bouche. Puis je me suis rendu compte que le *zveck* n'était pas un mot, mais une chose. Ils *réclamaient* du *zveck*, et ce avec une insistance que rien, et surtout pas la lassitude, ne pouvait entamer. Mais qu'était-ce ? Ce qui était sûr, c'est que l'envie qu'ils en avaient était démesurée, et qu'il ne se passait pas trente secondes sans qu'ils vous implorent en aboyant : *"Zveck, zveck, zveck !"*. »

Je ne connais que deux autres livres où l'on parle du *zveck*. Le premier, paru à Prague à la fin du XIXe siècle, est l'œuvre d'un lettré tchèque passionné par les coutumes de son pays, un certain Korda. Il y évoque brièvement un breuvage de la région de Lubin, en Silésie, que les autorités auraient jadis condamné en raison de ses terribles effets sur la santé : le *swek*. D'après lui, les habitants auraient passé outre l'interdit et continué d'en produire clandestinement, s'en réservant l'usage et prenant garde à n'en transmettre le secret à aucun étranger. « Je ne suis pas convaincu que le *swek* existe bel et bien, précise Korda. Peut-être est-il à mettre au compte de ces légendes campagnardes qui couraient dans la Silésie d'autrefois, et dont les échos sont arrivés jusqu'à nous sans que l'impossibilité d'en savoir plus doive donner à penser qu'elles sont vraies. »

Le second livre est un roman de l'écrivain allemand Hermann Chatrier, paru au début des années 1930 sous le titre *Plus loin vers l'est*. On y lit ceci : « Il n'y a plus d'espoir. D'ailleurs, l'espoir n'a jamais existé ; l'espoir n'est qu'un mythe, comme le *zveck* dont s'enivraient nos ancêtres et le paradis où vont nos morts. » J'ai lu avec attention les autres livres de Chatrier, y compris ses poèmes et sa correspondance ; nulle part ailleurs il ne reparle du *zveck*. On peut néanmoins relever plusieurs données intéressantes dans l'extrait qu'on vient de voir.

Notons d'abord que l'intrigue de *Plus loin vers l'est* ne se déroule pas en Silésie, comme chez Korda, mais dans les Carpates, et plus précisément dans un village nommé Batrista. Renseignements pris, ce village n'existe pas, et Chatrier en a probablement forgé le nom sur celui de Bistrita, une ville de Transylvanie. Faut-il croire que Chatrier connaissait l'existence du *swek* silésien, et qu'il l'a transposé en Roumanie sans y prendre garde ? Ou existe-t-il une variante du *zveck* dans les deux pays, même si l'on peut s'étonner dans ce cas que la littérature consacrée à ces régions n'en fasse jamais mention ?

Chatrier parle de l'espoir et le compare à la fois au *zveck* et au paradis, ce qui ne manque pas d'intérêt. Le rapprochement n'est pas innocent puisque l'écrivain évoque plus loin le pouvoir merveilleux de cette chose dont on peut « s'enivrer » – ce qui semble confirmer l'hypothèse de Korda pour qui le *zveck* est une boisson.

Mais tout cela ne nous avance guère. J'ignore si le *zveck* est légende ou réalité ; tout juste sais-je qu'il se boit. S'agit-il d'une variété de vodka ou d'aquavit, un vin populaire issu de la distillation de l'alcool de blé ou de la pomme de terre fermentée ? D'une eau-de-vie de prune, comme la *slivovitz* qu'on boit en Serbie ? En l'état de mes recherches, je ne puis rien affirmer. Mais quelque chose me porte à croire que le *zveck* a un rapport étroit avec la disparition de mon père, il y a deux ans.

II. Notes sur mon père

Entre la fin des années 1930 et le milieu des années 1950, mon père a travaillé pour les services secrets britanniques. Par quelles voies tortueuses il est entré dans le monde du renseignement, c'est une énigme que je n'ai jamais pu élucider. Il est toujours resté discret sur cette période, et éludait les questions que mon frère et moi lui posions. Aujourd'hui encore, j'ai du mal à l'imaginer en agent double. J'ai souvent été tenté de croire qu'il avait tout inventé ; mais lorsque j'osais lui réclamer des preuves, il se contentait de hausser les épaules en disant : « Si tu ne me crois pas, tant pis pour toi. » Quoi qu'il en soit, faute de pouvoir prouver qu'il a menti, je ne puis qu'accorder à mon père le bénéfice du doute, et vous proposer d'en faire autant.

Durant la guerre, donc, Papa a couru la planète pour le compte de Sa Majesté et convoyé des documents confidentiels aux quatre coins du globe. En 1942, lui et son acolyte Gordon Clark (j'ai toujours entendu parler de lui sous ce nom, mais j'ignore s'il s'appelait réellement ainsi) furent envoyés en Biélorussie. Au retour, leur avion connut une avarie ; le pilote fut contraint d'atterrir dans un champ et, pour comble de malheur, succomba à une crise cardiaque aussitôt après avoir posé l'appareil. Comme l'avion avait suivi un plan de vol compliqué pour déjouer l'attention de l'ennemi, Gordon et mon père ne savaient pas dans quel pays ils se trouvaient : était-ce la Pologne, l'Ukraine, la Roumanie ou la Hongrie ? Toujours est-il que c'est là qu'ils semblent avoir découvert le *zveck*.

Le texte qu'on va lire est issu du livre de souvenirs que mon père avait commencé d'écrire après avoir été mis à la retraite. Il en avait rédigé quelques chapitres, mais n'avait jamais eu le courage d'aller jusqu'au bout ; il finit par affirmer qu'il abandonnait son projet et qu'il allait brûler son manuscrit. Mon frère et moi avions protesté, mais il avait rétorqué que sa décision était irrévocable. En réalité, il n'a pourtant pas jeté tout son texte au feu ; en fouillant dans son bureau, mon frère et moi avons trouvé deux cahiers contenant plusieurs fragments de son livre. Sous de nombreux aspects, ces fragments semblent avoir été substantiellement romancés, même s'ils s'appuient sur des faits véridiques. Plus que des mémoires, mon père avait en fait commencé d'écrire une sorte de roman inspiré de sa vie, roman dans lequel il se donnait souvent le beau rôle. Qu'en est-il pour l'épisode du *zveck* ? J'ai tendance à le croire fidèle à la réalité. Je ne vois pas pourquoi Papa se serait amusé à inventer une histoire pareille – il n'avait pas assez d'imagination pour cela. J'invite malgré tout le lecteur à prendre son récit avec la circonspection qui s'impose, en rappelant qu'un ex-espion qui s'est voulu romancier ne mérite pas forcément d'être cru sur parole.

(*Note sur l'établissement du texte* : Je ne reproduis ici que les pages du deuxième cahier consacrées à l'affaire du *zveck*, juste après l'accident d'avion. J'ai corrigé quelques fautes de syntaxe, harmonisé l'orthographe des noms propres et supprimé les aberrations de la ponctuation, fréquentes dans les écrits de mon père.)

III. Le manuscrit

La région n'avait pas l'air très habitée. J'étais sorti indemne de l'accident ; Gordon était légèrement blessé à la jambe. Nous enterrâmes le cadavre du pilote, rassemblâmes nos effets et partîmes vers ce qui nous semblait être le nord, abandonnant derrière nous la carlingue carbonisée du Bristol.

Dans un paysage désolé, nous suivîmes un chemin boueux qui serpentait entre les champs. J'ouvrais la route, Gordon clopinait derrière moi. Nous désespérions de rencontrer âme qui vive ; où étaient-ils, les paysans qui avaient planté les clôtures que nous longions ?

À la tombée de la nuit, nous organisâmes un campement. Gordon nettoya une clairière et réunit des branchages auxquels je mis le feu ; nous avions assez de vivres pour un repas et mangeâmes en écoutant les bruits alentour. Sitôt que nous eûmes terminé notre dîner, nous nous enroulâmes dans nos manteaux et sombrâmes dans le sommeil.

Nous repartîmes le lendemain en nous demandant si le sentier nous mènerait quelque part ou s'il se déployait identique à lui-même jusqu'à l'infini. Le vent cinglait nos joues ; il pleuvait, et nous n'avions plus rien à manger. L'humeur était morne. Le seul point positif était que la blessure de Gordon se résorbait ; il marchait presque normalement, et je soupçonnai ce fainéant d'avoir exagéré sa douleur la veille afin que je ralentisse l'allure.

Enfin, après plusieurs heures de marche, nous rencontrâmes un paysan accompagné d'un âne sur lequel était juché un enfant. Il était d'un aspect repoussant. Son visage était couturé de cicatrices et ses cheveux raides comme des brins de paille. Famélique, l'enfant nous observait avec indifférence, jetant de temps à autre un regard envieux à nos bottes de cuir. L'âne, inutile de le préciser, n'avait pas l'air en forme. La guerre avait sans doute fait des ravages dans la région, bien que la terre y fût noire et bien grasse.

Nous saluâmes le paysan, qui ne répondit pas. Il clignait frénétiquement de l'œil, et je craignis qu'il fût fou. Enfin, après un silence tendu, il baragouina quelques mots en montrant ses dents abîmées. Gordon, qui parlait trente langues, parut le comprendre ; il articula péniblement une réponse. Un semblant d'intelligence semblait naître entre nous. À force de répétitions, nous comprîmes qu'un village était au bout du chemin ; nous n'avions qu'à continuer droit devant nous. Gordon remercia le paysan ; le brave homme sourit et chacun reprit sa route, lui vers le sud, nous vers le nord. Je demandai à Gordon quelle langue parlait le paysan, mais il resta évasif.

– Un patois de bric et de broc, affirma-t-il, qui ne nous dit rien sur le pays où nous sommes.

Le jour baissait lorsque, du haut d'un vallon, nous vîmes le village annoncé. Nous étions épuisés et affamés ; nous avions bien tenté de cueillir des baies et d'arracher des racines, mais le goût en était si infect que nous avions préféré les conserver pour ne les manger qu'en dernière extrémité. Les cheminées crachaient une fumée grise qui nous fit penser à la chaleur d'un feu ; nous dévalâmes la pente qui menait au bourg en espérant trouver une auberge – j'avais quelques dollars cachés dans mes chaussettes et ne doutais pas que les gens du cru seraient heureux de se faire payer en devises.

Nous ne rencontrâmes qu'un homme dans le village, à qui Gordon demanda dans le sabir de tout à l'heure où nous pourrions trouver le gîte et le couvert. Il nous indiqua une bâtisse au bout de la rue ; nous nous y rendîmes promptement, non sans remarquer l'état décrépit des maisons et l'allure minable des magasins, dont la plupart avaient baissé rideau.

L'auberge possédait un panonceau délavé que le vent faisait grincer sur ses gonds ; un peintre y avait dessiné un lit, un âtre et une marmite. Une faible lumière traversait les fenêtres crasseuses. Gordon et moi échangeâmes un regard anxieux avant de pousser la porte, qui fit tinter une clochette. À l'intérieur étaient attablées cinq personnes qui nous observèrent en silence ; derrière le comptoir se tenait un garçon puissamment charpenté, le torse nu sous un tablier de toile. Gordon s'éclaircit la voix et demanda si l'on pouvait manger et dormir. La communication fut difficile, mais l'aubergiste hocha la tête. Sa servante nous débarrassa de nos capotes et, voyant que nous dégoulinions, nous emmena près du feu qui crépitait dans la cheminée ; aimable, elle nous offrit ensuite deux verres d'eau-de-vie que nous bûmes d'un trait puis, mêlant la parole et les gestes, nous fit signe de la suivre dans notre chambre, qui était à l'étage.

La chambre était meublée d'un lit double (Gordon et moi allions devoir dormir ensemble, ce que je n'appréciais guère car il remuait beaucoup et ses pieds froids frôlaient souvent mes mollets) et dotée d'une baignoire dont l'intimité était assurée par un drap tendu en travers de la pièce. Nous expliquâmes à la servante que nous mangerions après nous être lavés ; elle acquiesça et s'éclipsa. Je négociai avec Gordon l'ordre de passage dans la baignoire, et il obtint – comme toujours – d'y aller le premier.

On frappa à la porte tandis qu'il se baignait. C'était la servante, essoufflée (elle avait de l'embonpoint), qui amenait avec elle un jeune homme court sur pattes et coiffé d'une casquette qu'il ôta.

– Mikolaj, dit-il en me tendant la main.

– Edward, répondis-je.

Mikolaj, qui parlait un peu l'anglais, m'expliqua qu'une petite fête aurait lieu le soir même à l'auberge, et qu'on serait ravi de nous y voir. Gordon tira à cet instant le rideau, entièrement nu ; un sourire barra le visage de la servante, qui fixa pensivement la virilité avantageuse de mon camarade. Nous acceptâmes l'invitation, et tous deux battirent des mains en prenant des mines réjouies ; ils refermèrent doucement la porte et descendirent les escaliers en courant, faisant trembler les murs.

Après que je me fus lavé à mon tour, Gordon et moi nous offrîmes une bonne petite pipe – nous étions tous les deux d'invétérés fumeurs, et eussions sacrifié des vivres ou des munitions plutôt que la cargaison de tabac que nous emportions partout avec nous, empaquetée dans une boîte en fer hermétique. Nous descendîmes ensuite au rez-de-chaussée, affamés et curieux de découvrir le repas qu'on nous avait concocté.

L'auberge s'était remplie ; on sentait la fête imminente. Les derniers arrivés se serraient autour de la cheminée pour sécher leurs cheveux mouillés. L'aubergiste nous installa à une table cachée dans un renfoncement et nous apporta deux assiettes remplies de purée et de viande cuite. Elles dégageaient un parfum délicieux, et nous mangeâmes comme des chiens sauvages. Après quelques bouchées, je demandai à Gordon s'il pensait qu'il s'agissait de porc ou de mouton ; il répondit qu'il n'en avait pas la moindre idée. Pour accompagner cette platée, l'aubergiste nous servit deux verres de bière brune au goût amer.

Les fêtards arrivaient par groupes, sans discontinuer. Non loin de nous s'installèrent deux jumeaux, identiques jusque dans leur manière de lever ensemble leur verre et de se moucher dans leur manche. L'air me parut soudain plus chaud, et je dus ôter mon chandail. Il y avait surtout des hommes, mais aussi des femmes à la silhouette généreuse ; rien ne laissait croire, à voir leurs joues rougies et leurs poitrines opulentes, que le monde était en guerre et qu'il y avait pénurie.

Mikolaj se fraya un chemin jusqu'à nous ; nous l'accueillîmes avec plaisir, d'autant qu'il apportait des chopes pleines. Dans son anglais laborieux, il raconta qu'il était né dans un cirque d'un père acrobate et d'une mère dresseuse de fauves (j'eusse trouvé l'inverse plus naturel, mais ne l'interrompis pas). Lui-même était jongleur et avait fait son premier tour de piste à l'âge de trois ans. Durant son enfance, il avait sillonné l'Europe en caravane et s'était arrêté à Londres et Liverpool : voilà pourquoi il baragouinait un peu notre langue. « Je comprends aussi l'allemand, le français, le flamand et le grec », ajouta-t-il modestement. Puis, excité par la bière, il entreprit de chanter les comptines anglaises qu'il avait apprises dans sa jeunesse. Il s'arrêtait chaque fois après le premier couplet, car il ne se rappelait plus la suite. Il voulut ensuite nous prouver qu'il savait encore jongler, révélation qu'il fit en fixant les verres vides qui traînaient sur la table ; nous l'en dissuadâmes. C'est alors que l'aubergiste surgit, voulant savoir si nous avions bien mangé. Nous mimâmes les rois repus et nous affalâmes sur nos chaises, la main sur l'estomac. Il parut satisfait, s'empara de nos assiettes et repartit en lançant quelques mots que Mikolaj traduisit succinctement : « Maintenant, fête. »

*

L'auberge bondée de ce village sans nom fut cette nuit-là le théâtre de l'une des plus formidables bamboches qu'il m'ait été donné de vivre. Chaises, bancs ou tabourets, toutes les places étaient prises ; certains, assis à même le sol, faisaient trébucher dans leurs jambes la servante qui courait dans la salle avec des verres pleins les bras.

Mikolaj nous présenta ses compagnons. Nous fîmes la connaissance de Jerzy et Lucjan, paysans ; de Klemens, réparateur de tracteurs ; de Filip et Dominik, artisans ; et de Filimon et Irineï, deux Russes à la profession indécise. Il y avait aussi des femmes : elles s'appelaient Halina,

192

Ewa, Leokadia ou Ludmila, et accompagnaient leurs époux pour s'assurer qu'ils rentreraient entiers à la maison. Pour se faire mousser, Mikolaj affirma que Gordon et moi étions deux hommes d'affaires américains voyageant incognito, ce qui déclencha des sifflements d'admiration chez ses amis.

L'alcool coulait à flots ; tout le monde voulait trinquer avec nous. Je remarquai que personne ne payait l'aubergiste. Celui-ci notait-il ce que buvait chacun pour se faire régler à la fin de la nuit ? Mikolaj m'expliqua que dans ce genre de fête les consommations étaient mutualisées : on buvait sans s'occuper de rien, et l'on divisait plus tard le nombre de litres bus par le nombre de clients. Je trouvai cette solution très ingénieuse et offris de nouveaux verres à toute la table.

Plusieurs fois je perdis Gordon dans la foule ; je le repérais quelques minutes plus tard en discussion avec des paysans hilares ou contant fleurette à de jolies jeunes femmes dont il me révélerait le lendemain qu'il avait obtenu d'elles un baiser après qu'ils furent allés vider ensemble leur vessie dans la rue, à la lumière de la lune. (Il n'y avait qu'un seul cabinet, et l'attente était si longue que la plupart des gens préféraient aller se soulager dehors, y compris les femmes. J'allai moi-même pisser dix fois contre un mur en feignant d'ignorer qu'ils étaient quinze ou vingt à faire de même dans les parages.)

La soirée fut émaillée de plusieurs numéros très amusants. Une grosse femme de cent kilos, à force d'encouragements, consentit à marcher sur les mains. Je crus la performance impossible, mais je me trompais : elle repoussa la foule pour former un cercle vide, planta ses paumes sur le sol, s'éleva sans grâce à la verticale et fit quelques pas maladroits en exhibant ses jupons et ses mollets mal rasés. On fit ensuite une farandole au son d'un accordéon qui jouait les mélodies d'ici ; d'abord réticent, je m'y laissai finalement entraîner, profitant du chahut pour palper les hanches de la jeune fille qui riait devant moi. Plus tard, Mikolaj exécuta son numéro de jongleur au moyen de quilles qu'il avait sorties d'on ne sait où. Il était habile, mais n'en fit pas moins voler une quille à la tête d'un homme que le choc assomma. Tout le monde éclata de rire, et l'on donna de grandes tapes dans le dos de l'acrobate embarrassé.

Il y eut aussi un combat d'échassiers : juchés sur leurs tiges de bois taillé, deux enfants se défièrent dans un duel homérique qui provoqua des paris, à la manière des combats de coqs – spectacle auquel j'avais assisté quelques années plus tôt lors d'une mission en Chine. Les deux gamins se démenaient comme des diables, faisant preuve d'une adresse redoutable sur leurs échasses ; les encouragements fusaient, et l'on poussa des hourras lorsque l'un des deux chuta. Ils voulurent poursuivre l'affrontement à mains nues, mais un gros homme les sépara et mit dans leurs mains une chope de bière remplie à ras.

Gordon surgit alors et me présenta Dominik, un grand échalas aux moustaches bien taillées. Dominik, expliqua-t-il, parlait l'anglais et savait des blagues irrésistibles. L'autre hocha la tête et entreprit d'en dire une ; je n'y compris malheureusement rien, et haussai les épaules en prenant une mine désolée. Il parut déçu mais, bon garçon, m'offrit tout de même un alcool transparent servi dans un verre minuscule. Je le bus cul sec avec l'impression d'avaler de la lave. On m'affirma plus tard que c'était du « vin de pain », autrement dit de la vodka, mais je n'en crus rien.

Il va sans dire que tout le monde était complètement cuit, et que je n'échappais pas à la règle. Certains prenaient du repos par terre, dos au mur et paupières closes ;

d'autres affirmaient qu'ils ne pourraient boire davantage sans une bonne purge et sortaient d'un pas leste avant de revenir en s'essuyant la bouche du plat de la main. La tête me tournait, et je conseillai à Gordon de faire attention – il avait tendance à ne pas savoir s'arrêter. Il répondit en hurlant que tout allait bien, et se laissa entraîner dans une sorte de gigue par une vieille femme au visage vérolé. Quelques minutes plus tard, je le vis danser au bras d'un homme chauve et pansu qui riait comme un fou en faisant des cabrioles.

Je venais de trouver une chaise libre et de m'y asseoir lorsque Mikolaj vint vers moi, le visage étrangement sérieux.

– Bientôt *zveck*, dit-il.

– Quoi ?

– *Zveck*.

– *Zveck* ?

Je me rendis alors compte qu'une rumeur courait la salle et qu'on parlait partout du *zveck*. Les visages se fermaient, un masque tombait sur les sourires et les grimaces, comme si ces fêtards imbibés s'apprêtaient à partir à la messe. Assis non loin de là, Gordon avait l'air aussi désorienté que moi.

Une cloche retentit, qui fit cesser les conversations. Tout le monde s'agglutina autour du comptoir. Dans un silence parfait, l'aubergiste murmura un ordre à sa servante ; celle-ci disparut dans l'arrière-salle et revint avec une bouteille qui contenait un liquide jaune pâle, comme du vin de paille. L'aubergiste la montra à l'assemblée, fit sauter le bouchon puis versa la liqueur dans trois verres qu'il avait alignés sur son zinc. Il ne les remplit qu'à moitié, et je songeai que ce devait être un alcool très puissant.

Sitôt qu'il eut fini, la servante alla remettre la bouteille dans sa cachette. L'ambiance était électrique. Quelqu'un murmura : « *Zveck !* » dans mon dos ; je tressaillis. Tout le monde commença de grogner en rythme : « *Zveck ! Zveck ! Zveck !* », et l'on tapait du pied en même temps qu'on prononçait le mot ; cela ressemblait aux cérémonies nègres dans les villages d'Afrique, l'aubergiste faisant office de sorcier.

Le silence revint tout à coup : un homme était sorti du rang pour s'approcher du zinc. Sa mise était débraillée, et il me parut trembler un peu ; sans doute avait-il trop bu et trop dansé. À quoi se portait-il candidat ? L'aubergiste désigna du menton les verres, l'air menaçant ; l'autre partit d'un rire tonitruant, prit un verre et, après l'avoir porté au ciel pour en contempler le cul, l'engloutit d'une traite avant de le jeter au sol. Je crus qu'on allait applaudir, mais l'assistance demeura silencieuse. Il restait deux verres à boire.

Alors la procédure recommença : tandis que le premier buveur s'écroulait dans un coin, la foule criait : « *Zveck !* » en tapant du pied, et je criais avec elle. Au bout de quelques secondes, un brave se décida : c'était un jeune homme à la silhouette dégingandée et aux chaussures dépareillées. Il se tourna vers l'assemblée et bredouilla quelques mots. Puis il éclata d'un rire outrancier, suivi d'une toux mauvaise. Il fit volte-face, s'empara du deuxième verre et l'avala – un frisson parcourut l'assemblée. Puis, comme son prédécesseur, il jeta le verre au sol et se traîna vers une chaise vide en marmonnant. Comme il trébuchait, on l'allongea sur une table et on l'abandonna à son délire.

Vint alors le troisième verre. Les clameurs reprirent, plus intenses encore, comme un mantra ou une prière : « *Zveck ! Zveck ! Zveck !* » La tête me tournait ; j'eus un vertige et dus m'appuyer contre l'épaule de Gordon pour ne pas tomber. Ce dernier n'avait pas conscience de mon malaise et tapait frénétiquement du pied. L'alcool bouillait dans mon corps. Soudain, la folie s'empara de mon esprit : je me jetai vers l'avant et me plantai face au zinc, où le dernier verre attendait d'être bu. Les éclats des deux précédents craquèrent sous mes bottes.

L'aubergiste parut surpris ; je lus une certaine admiration dans les yeux de la servante. De près, le verre paraissait minuscule ; il ne contenait presque rien, et je me pris à douter qu'une si faible dose de liqueur pût avoir un effet sur celui qui la boit. J'inspirai profondément et saisis le verre pour le porter à mes lèvres. Une main s'abattit alors sur mon poignet. C'était Mikolaj.

– Ça *zveck*, dit-il.

– Je sais, répliquai-je. Et alors ?

– Dangereux. Très dangereux. Si tu bois, tu restes soûl.

Je regardai Mikolaj sans comprendre. Soûls, ne l'étions-nous pas tous ? L'aubergiste grommela quelques mots.

– Il dit que *zveck*, c'est définitif, traduisit Mikolaj. Tu restes de l'autre côté.

Il me fixa intensément et ajouta :

– *Zveck*, c'est une beuverie pour toujours.

Puis il lâcha mon poignet et me dévisagea, comme pour me laisser libre de ma décision – boire ou ne pas boire, telle était la question. Je n'avais pas complètement compris ses paroles, mais n'étais plus très sûr de vouloir goûter au *zveck*. Pris d'angoisse, je reposai le verre et reculai d'un pas. L'aubergiste me lança un regard déçu et hocha la tête. Je craignis que l'assemblée se moque de moi ; heureusement, un autre fou prit aussitôt ma place, et ma déconfiture passa inaperçue. Confus, je m'éclipsai sans oser regarder mon remplaçant s'enquiller le verre que je n'avais pas osé boire ; je montai à l'étage en titubant, pénétrai dans la chambre en me cognant contre le mur et m'écroulai sur le lit où je m'endormis immédiatement.

*

L'horloge indiquait dix heures lorsque je me réveillai le lendemain. Gordon ronflait paisiblement à mes côtés ; je le secouai et le pressai de se préparer : nous avions déjà trop tardé, et devions reprendre la route au plus vite. Après une toilette sommaire, nous descendîmes. L'auberge avait été nettoyée. La servante nous salua et beurra de grandes tranches de pain qu'elle nous servit avec du café. Après avoir déjeuné, nous réglâmes à l'aubergiste le prix de la chambre et notre quotité des alcools de la veille. Prévenant, il nous offrit pour le voyage une besace remplie de pain, de pommes et de viande froide. Nous le remerciâmes avec chaleur et, le cœur un peu lourd, quittâmes le lieu de nos exploits d'ivrognes.

À la sortie du village, nous trouvâmes un ferrailleur à qui nous achetâmes un tandem rouillé et une carte du pays, dont nous doutions qu'elle fût à jour. Ainsi équipés, nous reprîmes notre route, pédalant sans mot dire sur notre engin à deux selles. Après de nombreux *miles* parcourus, Gordon rompit le silence et m'entretint de ce *zveck* que j'avais failli boire la nuit précédente. Mikolaj lui en avait expliqué les propriétés après que je fus monté me coucher ; à l'en croire, elles étaient terrifiantes.

– Si j'ai bien compris, affirma Gordon, le *zveck* fige l'ivresse et t'empêche de dessoûler.

– Comment cela ?

– Il ne produit aucun effet si l'on n'a pas bu auparavant. Mais si l'on a bu, c'est radical : un demi-verre de *zveck* dans le gosier d'un homme soûl, et il restera soûl toute sa vie. Les trois villageois d'hier soir sont probablement en train de ronfler derrière une meule de foin. Lorsqu'ils se réveilleront, ils seront encore soûls, même si l'alcool s'est dissipé.

– Ah bon ?

– Oui. À chaque fête, l'aubergiste sort la bouteille et remplit trois verres. S'il choisit bien son moment, il se trouve toujours trois hommes suffisamment ébranlés par l'alcool pour vouloir rester ivres à jamais. Alors ils boivent le *zveck* et passent de l'autre côté, comme ils disent. C'est un peu comme un suicide, sauf qu'on ne meurt pas vraiment.

Je demeurai pensif.

– Et que deviennent-ils ?

– Qui ?

– Ceux qui en ont bu ?

– Eh bien, ils restent soûls jusqu'à leur mort, et leur famille s'occupe d'eux comme d'un enfant idiot. Beaucoup font des fugues. Ils déambulent dans la campagne en réclamant du *zveck* à ceux qu'ils croisent. Les plus solides survivent, mais la plupart meurent au bout de quelques mois.

Gordon se tut un instant, puis ajouta :

– En tout cas, c'est ce que m'a dit Mikolaj.

La pluie se remit à tomber ; le vent se leva. Nous redoublâmes d'effort sur le tandem, Gordon devant et moi derrière, l'esprit préoccupé.

IV. Une beuverie pour toujours

Ici s'arrête le manuscrit ; j'ignore si ce sont là toutes les pages que mon père a consacrées à cet épisode, ou s'il y avait une suite qu'il a brûlée. Je ne puis m'empêcher en tout cas de mettre ce récit en rapport avec un souvenir que j'ai gardé de mon enfance, ainsi qu'avec la disparition de Papa.

Lorsque mon frère et moi étions enfants, donc, il y avait dans le bureau de Papa un coffre-fort où il cachait ses papiers, de l'argent et son revolver. Le bureau était une pièce interdite, John et moi n'avions pas le droit d'y pénétrer. Un jour pourtant, nos jeux nous y avaient conduits. Le coffre était ouvert, et je me rappelle y avoir vu une petite bouteille que, coutumier des chutes à vélo, je pris pour du désinfectant. (Le soir même, je me trahis en signalant à mon père qu'elle aurait dû se trouver dans l'armoire à pharmacie, révélant ainsi que je lui avais désobéi.)

Qu'y avait-il dans la bouteille ? Au vu du manuscrit qu'on vient de lire, il m'est difficile de penser qu'il ne s'agissait pas de *zveck*. À l'évidence, le récit est incomplet. Papa était un homme orgueilleux ; bien qu'il n'en dît rien, son exploit manqué face à la foule l'a sans doute humilié. Pour laver son honneur, je le crois capable d'avoir volé la bouteille au petit matin et de l'avoir cachée dans sa besace – à moins qu'il ne l'ait achetée à la servante, qu'une liasse de dollars n'a pas dû laisser insensible. Les révélations de Gordon lui firent par la suite comprendre la vraie nature du poison qu'il transportait avec lui.

J'imagine le dilemme qui fut alors le sien, et conçois qu'il eût « l'esprit préoccupé » : devait-il se débarrasser de la bouteille pour n'avoir jamais la tentation d'en faire sauter le bouchon, ou la conserver précieusement en guise de passeport pour le bonheur éternel ? Mon hypothèse est qu'il a choisi la deuxième option et ramené le *zveck* à la maison, où il l'a enfermé dans son coffre-fort. Puis, durant des années, il s'est dit qu'il avait à portée de la main un breuvage qui, si sa vie tournait mal, mettrait fin à tous ses problèmes : il lui suffirait de se saouler jusqu'à la gauche et de s'administrer une cuiller de *zveck* pour oublier à jamais ses ennuis et finir sa vie dans l'euphorie.

Combien de fois y a-t-il songé ? Est-il jamais rentré un peu gris d'un dîner, pensant de toute son âme à ce *zveck* qui couronnerait si bien la soirée ? Combien de fois a-t-il ouvert le coffre pour contempler la bouteille, la prendre contre son cœur et la rouler sur son front, tout près de l'ouvrir ?

Comme je l'ai dit, Papa a disparu voici deux ans sans laisser ni lettre ni testament. Mes oncles et mon frère le croient mort. Je pense pour ma part qu'il s'est enfui sous les tropiques pour s'y offrir des filles et du bon temps ; puis, après qu'il s'est bien amusé, il a pris la plus mémorable cuite de sa carrière et l'a figée en avalant tout son *zveck* – la cuite ultime et irréversible, qui dure encore à l'heure où j'écris ces lignes. Sans doute traîne-t-il aujourd'hui sa carcasse d'ivrogne perpétuel dans les bars et les bordels d'une ville d'Amérique du Sud, riant et réclamant du *zveck* aux passants. Béat comme un roi, il tète l'ivresse au robinet d'un tonneau qu'il ne videra jamais, prisonnier bienheureux de sa beuverie pour toujours.

Conte carnivore

Écrire mes mémoires ? Mes amis et anciens collègues me pressent de le faire ; j'y songe depuis longtemps – l'idée m'en était venue (peu modestement, j'en conviens) dès avant que je prenne ma retraite –, mais je retarde sans cesse le moment de m'atteler à la tâche. Pourquoi ai-je tant de mal à commencer ? Peut-être l'idée de coucher sur le papier les souvenirs d'une vie d'enquêteur dit-elle avec trop de cruauté que le meilleur de mon existence est désormais derrière moi ; peut-être aussi découvré-je à soixante-dix ans les doutes de l'écrivain que je voulais être lorsque j'en avais seize, avant que la passion des affaires criminelles ne remplace dans mon esprit celle des poèmes et des belles phrases. Souvent j'ai entendu parler de cette torture que constitue pour les littérateurs le commencement d'un nouveau livre, et parfois même d'un nouveau chapitre : est-ce un blocage de cette sorte qui fait qu'au moment de me jeter à l'eau je trouve toujours une mission plus urgente à accomplir ? Mon équipement est prêt : il y a sur ma table du papier, une douzaine de crayons bien taillés et quarante années de notes et de dossiers, certains bouclés et d'autres pas, certains célèbres et d'autres méconnus, qui tous m'ont été confiés au cours de ma carrière à Scotland Yard.

J'ai travaillé sur de nombreuses affaires sensibles, celles qui font que vous ne pouvez plus faire un pas dans Londres sans qu'une horde de journalistes ne vous harcèle ; j'ai eu aussi à connaître des cas moins fameux mais tout aussi intéressants, insolites souvent, tragiques quelquefois. L'affaire Latourelle tient un peu des deux. John Latourelle était un botaniste iconoclaste qu'on avait trouvé mort dans sa serre, en 1955, le corps mutilé. Il avait soixante ans et passait l'essentiel de son temps parmi les plantes qu'il cultivait dans sa forêt vierge miniature. Je chargeai trois de mes meilleurs hommes de confondre le coupable du meurtre – car il ne faisait aucun doute que c'en était un – de ce pauvre homme. Un jour, je reçus du Brésil un étrange courrier : il m'était nommément adressé et avait été posté à Salvador, capitale de l'État de Bahia. Son contenu me parut si extraordinaire que j'en fis une copie pour mes archives. Le voici.

*

« Hotel Pousada das Flores
Rua Direita do Santo Antonio, 442
Salvador, Bahia, Brazil

Salvador, le 22 mars 1955

Monsieur l'Inspecteur,

Rentrant d'un voyage dans la forêt amazonienne, j'apprends par un journal français la mort de John Latourelle. L'article est bref (un entrefilet d'une vingtaine de lignes, si bien caché parmi d'autres faits divers que je m'étonne de l'avoir repéré), mais détaillé : à l'en croire, on aurait découvert le cadavre atrocement blessé de

Latourelle dans sa serre, comme si une bête sauvage s'était acharnée sur lui et avait déchiqueté ses membres. J'ai aussitôt téléphoné à sa fille, Emily, qui m'a confirmé l'horrible nouvelle et m'a expliqué qu'il avait été inhumé au cimetière de Bunhill Fields, à Londres – non loin de la tombe de Blake, ce poète qu'il aimait tant et dont il pouvait réciter par cœur le *Marriage of Heaven and Hell*.

Cette nouvelle m'a beaucoup affecté. J'ai été l'assistant de John Latourelle pendant sept ans ; nous avons parcouru ensemble les régions les plus sauvages de la planète et fréquenté les tribus les plus improbables dans l'espoir de découvrir parmi leurs traditions l'usage d'une plante médicinale inconnue que nous pourrions ramener en Europe. Je sais que les milieux autorisés considéraient Latourelle comme une sorte d'autodidacte un peu loufoque (l'article dans lequel j'ai appris sa mort parle de lui comme d'un « scientifique iconoclaste » et insiste sur le faible crédit dont il jouissait auprès des spécialistes) ; permettez-moi pourtant de vous dire qu'il fut l'un des plus grands savants de son temps. Il est incontestable qu'il y avait chez lui de l'excentricité (chez quel génie n'y en a-t-il pas ?), mais rien n'est plus faux que de le dire autodidacte : Latourelle a fréquenté les meilleures universités d'Europe et du monde, et l'énumération des diplômes qu'il a accumulés en botanique et dans mille autres branches de la science (il manifestait une soif de connaissances que je n'ai jamais vue chez aucun homme ; figurez-vous qu'à soixante ans passés il étudiait encore l'optique et l'astronomie en vue de préparer une thèse – la cinquième) me prendrait la moitié de la nuit.

Mais venons-en à la raison qui me pousse à vous écrire aujourd'hui. J'en sais sans doute plus que quiconque sur la personnalité et les occupations de John Latourelle, lequel n'a pour ainsi dire fréquenté que moi pendant les sept années qu'a duré notre collaboration ; j'imagine donc que vous souhaiterez bientôt m'entendre comme témoin, et prends les devants afin de vous épargner le souci de me retrouver – je passe la plus grande partie de mon temps à l'étranger, dans des endroits où il n'est pas toujours facile de me localiser. Je resterai à Rio pendant quinze jours au moins, et vous pourrez me joindre en appelant l'hôtel dont le numéro figure dans l'en-tête. À moins que ce que je vais écrire à présent vous suffise pour confondre l'assassin de Latourelle, et qu'un supplément de concours de ma part soit inutile ; la teneur de mes révélations confinant plus au moins au surnaturel, je suppose tout de même que vous souhaiterez vous entretenir avec moi après m'avoir lu.

C'est peu après la guerre, en 1946, que j'ai rencontré John Latourelle. Il cherchait quelqu'un pour l'assister dans ses travaux scientifiques et dans sa vie quotidienne. Mon enrôlement dans les troupes britanniques m'avait obligé à suspendre mes études en 1943 et, trois ans après, j'avais moins envie de retourner dans les amphithéâtres que de trouver immédiatement un travail – d'autant que mes parents étaient morts sans me laisser en héritage de quoi vivre oisivement plus d'un an. Latourelle m'engagea donc à l'essai. À l'origine, ma fonction était de le soulager de tout ce qui n'avait pas un rapport direct avec ses recherches : entretenir sa maison, assurer le ravitaillement, répondre au courrier, tenir les comptes, expédier sa pension à la femme dont il s'était séparé en 1940 après lui avoir donné une fille qu'il visitait une fois par mois – Emily, donc. Très vite cependant, il me demanda de l'aider dans son travail et fut si content de moi (« Je me demande comment j'ai pu si longtemps vivre sans lui », disait-il parfois de moi comme une maîtresse de maison à propos d'un nouvel aspirateur) qu'il prolongea mon contrat et augmenta légèrement mon salaire – lequel, je

dois le préciser car l'avarice était l'un des traits les plus
désagréables de son tempérament, n'allait vraiment pas
chercher loin.

Travailler avec Latourelle a sans doute été la chose la
plus passionnante de ma vie. Contaminé par son enthou-
siasme, j'accomplissais les missions qu'il me confiait avec
un dévouement total. Je courais les bibliothèques pour
consulter de vieux livres de botanique, allais deux fois par
semaine acheter trente litres de terreau à semis, fabriquais
tous les jours du purin d'orties dans une barrique en fer-
blanc et taillais, plantais, bouturais, traitais et étudiais avec
lui les mille et unes plantes merveilleuses qui poussaient
dans la gigantesque serre qui jouxtait sa petite maison de
Brick Lane – une installation de verre et de bois qu'il avait
construite lui-même et qu'il avait agrandie deux fois, ce
qui expliquait son allure biscornue. Deux ou trois fois
l'an, nous partions dans des pays exotiques pour chercher
des essences rares ; que d'aventures n'avons-nous pas
connues dans le désert du Mexique, sur les marécages de
Floride et dans les jungles d'Asie ! Peut-être connaissez-
vous la phrase d'Alphonse Karr, pour qui la botanique est
l'art de sécher les plantes entre des feuilles de papier et de
les injurier en grec et en latin ? J'eusse aimé voir ce plai-
santin nous suivre dans nos périples : deux jours de
marche derrière Latourelle et il aurait ravalé ses sarcasmes
en promettant de n'en plus dire aucun jusqu'à sa mort.
Bien qu'il souffrît d'une constitution fragile et fût souvent
victime de rhumes et de migraines, Latourelle devenait
une sorte de surhomme, insensible à la fatigue et à la douleur, lorsqu'il s'agissait de partir à la recherche de l'arum
Titan dans les forêts basses de Sumatra ou du cylindro-
cline lorencei dans les buissons des îles Maurice ; lui qui
déclarait n'aimer rien tant que le confort de son fauteuil et
le crépitement d'un feu ne voyait aucun inconvénient à

crapahuter douze heures par jour dans la boue ni à dormir dans les arbres si c'était pour découvrir une plante rare.

Je n'évoquerai pas ici les fantastiques découvertes que Latourelle et moi avons faites au cours de ces années, ni nos échecs et les questions auxquelles nous n'avons pas su répondre : je doute que tout cela vous intéresse, encore que certaines anecdotes que je pourrais vous raconter (par exemple nos accidents à bord des moyens de transport les plus pittoresques du monde) vous arracheraient probablement quelques sourires. J'irai au fait, soyez sans crainte, mais je dois pour cela remonter en 1951, lorsque Latourelle a commencé de se prendre de passion pour certaines espèces fascinantes – celles que le grand public connaît sous le nom de *plantes carnivores*.

La puissance destructrice du monde végétal a toujours été pour Latourelle l'objet d'un vif intérêt : qu'une plante puisse étendre un cheval au moyen des substances toxiques qu'elle sécrète, avouez-le, cela a quelque chose de terrible et d'admirable. Ainsi s'était-il constitué ce qu'il appelait un « enfer », du nom de ces rayons des bibliothèques où l'on cache les livres jugés scandaleux par les censeurs : c'était un bout de serre où poussaient toutes sortes de plantes nocives et vénéneuses, des espèces parmi lesquelles j'aimais à me tenir immobile en songeant que dans leurs feuilles coulait la mort autant que la vie. Nous avions ainsi de magnifiques casques de Jupiter *(Aconitum napellus)*, renonculacées bourrées d'aconitine qui provoquent de terribles crises d'angoisse et vous font saliver comme un animal enragé ; des morelles noires *(Solanum nigrum)*, dont l'ingestion vous retourne l'estomac mieux qu'une douzaine d'huîtres du mois dernier ; d'admirables euphorbes *(Euphorbia helioscopia)*, qui vous empoisonnent par l'intermédiaire des escargots ; des fusains d'Europe, des baies de belladone, des champignons toxiques, bref, toute une pharmacie satanique dont le pouvoir de nuisance procurait à Latourelle le même plaisir qu'un mur de fusils d'assaut à un collectionneur d'armes : jamais l'idée de s'en servir contre un semblable ne lui aurait traversé l'esprit, mais celle d'en disposer à tout instant le grisait comme rien au monde.

Comment John Latourelle en vint à s'occuper de plantes carnivores, je ne m'en souviens plus aujourd'hui ; toujours est-il que les népenthacées, les droséracées et les sarracéniacées, une fois qu'il les eut découvertes, ont vite remplacé dans son esprit la végétation qui l'avait occupé jusqu'alors. Nous abandonnâmes tous les projets sur lesquels nous travaillions pour nous consacrer à l'étude des mécanismes digestifs par lesquels les carnivores réduisent en bouillie les moucherons, chenilles, cloportes et géophiles qu'elles prennent entre leurs griffes. Nous repeuplâmes une grande partie de la serre avec des plantes à urnes et à tentacules : leurs feuilles constituent des pièges si ingénieux que nous ressentions une joie inépuisable à les voir fonctionner. Mais c'est à celle qui nous fascinait le plus, celle pour laquelle Latourelle éprouvait des sentiments que jamais sans doute il n'avait eus pour une femme, que nous fîmes une place toute spéciale, lui prodiguant tous les soins dont nous étions capables, la chérissant comme une mère ses enfants : l'attrape-mouche de Vénus *(Dionaea muscipula)*, reine d'entre toutes les plantes carnivores, celle dont Darwin, déjà, disait qu'elle est la plus merveilleuse du monde.

Pas davantage que le commun des mortels, je présume, vous ne vous êtes jamais ébaudi devant cette splendeur de la nature – sans doute même n'en avez-vous jamais vu de vos yeux, et j'imagine que cela ne vous intéresse guère. Souffrez tout de même que je vous en dise quelques mots, sans quoi l'obsession de Latourelle pour *Dionaea* vous resterait incompréhensible. Cherchez dans une bibliothèque un livre où on la montre en reproduction ; ou, mieux, filez au jardin botanique et demandez qu'on vous la fasse voir. C'est une plante somptueuse, formée de quatre à huit feuilles bordées d'épines de sept centimètres environ, qui partent en rosette d'un rhizome assez court et commencent par un pétiole cunéiforme qui peu à peu s'élargit. La face supérieure des lobes est garnie de trois cils en triangle qui dessinent une zone de couleur rouge ; à la bordure de chaque lobe, un liseré parsemé de cellules sécrète un nectar qui attire les insectes. Le tout est encadré d'une quinzaine de dents longues et pointues, implantées de telle façon que celles d'un bord s'ajustent sur celles de l'autre au moment où se ferme le piège.

La conception de ce dernier tient du miracle. Les cils sensibles dont je vous ai parlé, lorsqu'ils sont heurtés par la proie, commandent le mécanisme, qui est comme celui d'un piège à loups. Il faut deux heurts successifs pour enclencher le processus : la plante évite ainsi les fermetures intempestives provoquées par des poussières ou des débris végétaux. Une fois que l'insecte a touché deux fois ces soies, donc, les grands poils qui entourent la feuille se replient comme une cage, avant que la feuille elle-même se referme à son tour. L'opération prend un trentième de seconde lorsqu'il fait beau, un peu davantage par temps gris. L'animal capturé est ensuite digéré par l'action des sucs ; deux ou trois semaines plus tard, *Dionaea* rouvre sa feuille et laisse apparaître la carapace desséchée de l'insecte, qui reste collée là à la façon d'un trophée de chasse. Lorsqu'elle en a avalé trois ou quatre, la feuille noircit, fane et tombe, faisant place nette pour qu'une autre la remplace.

Quelle plante extraordinaire, n'est-ce pas ? Souvent je l'ai regardée à l'œuvre, et jamais je n'ai pu retenir un frisson de surprise et d'effroi au moment où elle entre en action. C'est si violent, si puissant, si contraire à tout ce que nous savons du règne végétal ! Nous avons vu nos dionées croquer toute une ménagerie de petites choses sur pattes et d'insectes volants : des mouches, des éphémères, des fourmis, des chenilles, des larves de criquets, des sauterelles, des iules et des araignées ; même les abeilles et les guêpes s'y laissent prendre. Vers le début du mois de mai, c'est encore un autre spectacle qui commence : les hampes florales apparaissent et se déploient, des fleurs splendides poussent au bout des pédoncules (assez longs, je vous rassure, pour qu'aucun contact avec les feuilles mortelles ne soit possible). Lorsqu'un insecte approche, le choix lui est laissé entre la vie et la mort : soit il se pose dans une fleur, y prend du pollen et repart aux quatre vents, soit il rôde près des feuilles, en secoue les soies sensibles et sent se replier sur lui le piège avant d'être dévoré. Là est tout le mystère de *Dionaea* : elle avale l'animal qui la pourrait féconder. Venez la voir chargé de pollen, elle vous dégustera sans pitié ; elle me fait songer à ces araignées ingrates qui, après qu'un mâle les a besognées, se retournent contre lui pour le manger – admirable amoralité des choses de la nature.

Tout cela pour vous dire que *Dionaea muscipula* devint en quelques mois l'unique raison de vivre de John Latourelle – et la mienne, par la même occasion. En avril 1951, nous fîmes un voyage pour l'étudier dans son milieu naturel, en Caroline du Nord (l'État dont son découvreur officiel, M. Dobbs, fut gouverneur au milieu du XVIIIe siècle). Nous battîmes les plaines autour de Charlotte et de Greensboro, trouvâmes plusieurs beaux spécimens et décidâmes de continuer notre quête de l'autre côté du continent, dans l'Oregon, non loin du Pacifique. La réussite de cette première campagne mit Latourelle dans des états d'euphorie que je ne lui avais jamais vus ; sitôt rentré à Londres, il parlait déjà de nouvelles expéditions dans les marécages à sphaignes de Floride et sur les hauteurs de Salem. Je lui rappelai qu'il avait promis d'accompagner l'un de ses confrères et bons amis, le professeur Galtho, dans un voyage de deux semaines en Rhodésie du Nord, et que ce voyage commençait bientôt. Latourelle se frappa le front, très contrarié de devoir retarder ses projets sur *Dionaea*. Il faillit annuler sa participation à l'expédition Galtho, mais je l'en dissuadai. « Bien, j'irai », bougonna-t-il comme un enfant qu'on envoie en vacances chez une tante qui cuisine mal ; puis, se tournant avec émotion vers notre parc de dionées : « Mais promettez-moi de soigner les dionées comme vous soigneriez vos sœurs, avec toute l'attention dont vous êtes capable. » Quelques jours plus tard, il décollait d'Heathrow dans un petit avion de tourisme en compagnie d'Andrew Galtho, de cinq collègues de l'université de Londres et d'une demi-tonne de matériel scientifique entassé dans des caisses en bois.

Pour la première fois depuis des mois, j'étais en vacances. La botanique me passionnait, mais vivre seize heures sur vingt-quatre et sept jours par semaine dans une serre peut s'avérer fatigant. Latourelle ne tolérait pas que je m'évade de son monde végétal : il ne s'intéressait qu'aux plantes et ne comprenait pas qu'on puisse aspirer à la distraction. Il restait toujours perplexe lorsque je lui annonçais que j'allais au cinéma ou au théâtre : le divertissement était pour lui une notion étrangère, et jamais il ne me demandait de lui parler de la pièce ou du film que j'avais vu – les plantes monopolisaient l'intégralité de ses facultés. Durant six jours, je réduisis donc au maximum mes contacts avec la chlorophylle, n'allant dans la serre que pour l'arrosage du soir. Le reste du temps, je flânais dans les rues en mettant un point d'honneur à éviter les parcs et les fleuristes.

Le septième jour, la porte de la maison de Latourelle était ouverte lorsque j'arrivai. Je crus d'abord à un cambriolage mais, pénétrant prudemment à l'intérieur, je découvris les valises de mon maître dans le hall. Je courus à la serre : il y travaillait et semblait très excité.

– Que faites-vous ici ? Votre voyage en Afrique est déjà terminé ?

– Je devrais encore y être, répondit-il sans cesser de s'agiter. J'ai prétexté une maladie pour rentrer en Europe.

– Comment ?

Il leva la tête, prit un air malicieux et désigna une boîte métallique d'environ un mètre cinquante d'arête posée au sol.

– Je suis rentré à cause de ça.

– De quoi s'agit-il ?

– Ah ! Vous allez être surpris. Que dis-je, vous n'allez pas en croire vos yeux !

Il sortit de sa poche une clef minuscule, l'introduisit dans la serrure du cadenas qui fermait la boîte, souleva lentement le couvercle et me pria de regarder à l'intérieur. J'obéis et poussai un cri de stupeur en découvrant les monstres qu'il y avait là-dedans.

– Mon Dieu ! Latourelle ! Qu'est-ce que c'est que ça ?

La boîte contenait trois plantes gigantesques, semblables en tous points à *Dionaea muscipula* mais horriblement grossies, comme sous l'effet d'une loupe : les tiges étaient épaisses comme des cannes à sucre, les feuilles larges comme des raquettes de ping-pong, les cils gros comme des doigts d'enfant ; quant aux couleurs, elles semblaient ravivées par du maquillage, avec un éclat fabuleux. Il se dégageait en outre de ces prodiges l'impression d'un danger tout spécial, effrayant, pour tout dire majestueux, ainsi qu'on en ressent lorsqu'on se tient près d'un grand fauve ; et, en même temps que de la puissance, il y avait en elles une sorte de vice, comme si elles étaient dotées d'une personnalité d'assassin véritable.

– Je les ai trouvées dans une clairière près de Ndolo, à deux mille mètres d'altitude, expliqua Latourelle. J'étais seul ; pour garder ma découverte secrète, je n'en ai pas dit un mot aux autres, et j'ai prié pour qu'ils n'en trouvent pas de leur côté. Puis j'ai simulé des malaises et des délires, obtenant de Galtho qu'il me fasse rapatrier à Londres. On m'a confié à des indigènes pour qu'ils me transportent au village le plus proche ; lorsque nous avons été suffisamment éloignés du campement, je leur ai ordonné de faire demi-tour et nous sommes partis à la recherche des plantes extraordinaires que j'avais vues. Nous en avons découvert des dizaines dans les environs, toutes plus immenses les unes que les autres. Les indigènes ont affirmé les voir pour la première fois de leur vie, mais l'un d'eux a dit qu'une vieille légende de son village parlait de fleurs démesurées qui croquent les oiseaux en vol et rampent la nuit jusqu'aux huttes pour y dévorer les nourrissons.

L'attitude de Latourelle, je vous le dis tout net, me choqua profondément. Qu'il fût fasciné par ces plantes invraisemblables, cela n'avait rien d'anormal pour un botaniste ; mais qu'il eût caché sa découverte à ses confrères et, pire encore, qu'il leur ait menti pour en demeurer l'unique découvreur, voilà qui me parut honteux. Il balaya mes critiques d'un revers de main ; plus rien ne comptait pour lui désormais que la possession de ses monstres, lesquels avaient sur son esprit le même genre de pouvoir qu'un tableau de maître sur celui d'un collectionneur d'art ou qu'un coffret de pièces d'or sur celui d'un avare.

– Allons, aidez-moi à les sortir de là, lança-t-il pour abréger la discussion. Nous allons les planter ici – non, plutôt là-bas, à la meilleure place : celle de *Dionaea muscipula*.

– Mais que faisons-nous alors de *muscipula* ?

– Faites-en ce que vous voulez. Voyons : comment les appellerons-nous ? C'est qu'il leur faut un nom, n'est-ce pas ? Ah ! Je sais. Mon ami, voici *Dionaea tourella* : la dionée Latourelle ! Qu'en dites-vous ?

Il était évident qu'il n'avait pas inventé ce nom à l'instant, et qu'il y pensait déjà dans la minute qui avait suivi sa découverte. Sa comédie m'exaspéra, et la folie qu'il y avait dans ses yeux m'inquiéta ; Latourelle avait toujours eu du goût pour l'excès, mais je me demandai s'il avait encore le contrôle de lui-même. La suite devait confirmer mes craintes.

Lorsque je revins le lendemain matin, je le trouvai occupé à bander sa main avec un morceau de gaze.

– Ah ! s'exclama-t-il en m'apercevant. Vous voilà enfin ! Ayez la bonté de m'aider, je vous prie.

– Que vous est-il arrivé ?

– Cette saloperie m'a bouffé la main, répondit-il en jetant un regard torve à l'une des trois dionées géantes qui s'épanouissaient à la place des *muscipula*.

– Je vous demande pardon ?

Sa plaie saignait abondamment : les dents de la feuille avaient perforé la chair. Je m'empressai de désinfecter la blessure puis la pansai soigneusement en espérant qu'aucun poison n'avait pénétré dans l'organisme. Latourelle, à la fois vexé d'avoir été trahi par ses dionées et secrètement ravi de tenir la preuve de leur caractère dangereux, entreprit de m'exposer les détails de l'accident et les résultats de ses premières observations.

– J'ai passé toute la nuit à les étudier, et je puis vous dire que de toute ma carrière il ne m'a jamais été donné de voir pareils prodiges. Leurs mâchoires sont comme des mécanismes d'acier, prêts à broyer tout ce qui passe à leur portée. J'ai commencé par exciter leurs soies en promenant sur elles des mouches mortes que je manipulais grâce à un fil, mais je n'ai obtenu qu'un tressaillement agacé – sans doute ne se dérangent-elles pas pour des proies si négligeables. J'ai ensuite répété l'opération avec des guêpes et des chenilles, sans résultat. Je me suis donc résolu à leur soumettre un gibier plus conséquent et suis allé chercher une tranche de bœuf au réfrigérateur. Me croirez-vous si je vous dis que leurs tiges ont frémi lorsque je suis rentré dans la serre, comme si elles étaient excitées par l'odeur, et que les feuilles ont dévoré la viande en quelques secondes à peine ? Deux cents grammes de barbaque disparus en moins de temps qu'il ne faut pour le dire ! Ayant nourri la première, j'ai décidé de nourrir les deux autres pour ne pas créer de jalousie. Elles ont avalé tout ce que je leur ai donné ; vous pouvez voir de vos yeux les feuilles repliées à l'intérieur desquelles fermentent les bouts de carne que je leur ai jetés. C'est à ce moment que l'accident a eu lieu. Profitant de ce qu'elles étaient occupées à digérer, j'ai voulu les mesurer pour m'assurer qu'elles n'avaient pas grandi. L'une des feuilles s'est alors élancée vers ma main et l'a mordue. Si je n'avais pas eu le réflexe d'ôter mon bras, elle m'aurait arraché le poignet.

Il se tut un instant, pensif, puis regarda de nouveau sa main blessée et eut un sourire radieux.

– Merveilleux, n'est-ce pas ?

Une période pénible commença alors. Chaque jour je sentais Latourelle perdre davantage la raison et s'éloigner vers un univers obsessionnel dans lequel ses seules interlocutrices étaient les dionées géantes qu'il avait ramenées d'Afrique. Plus rien ne l'intéressait ; je tentai de lui rappeler la formidable diversité du monde végétal et l'incitai à repartir en voyage pour découvrir d'autres plantes, mais il ne voulait rien entendre. Il chérissait ses dionées comme des icônes ; souvent il me reprochait de troubler leur quiétude par mon bavardage ou de ne pas les écouter avec suffisamment d'attention – c'était le genre d'expression qu'il employait. Les dionées n'étaient plus des plantes à ses yeux : c'étaient des souveraines à vénérer, des maîtresses qu'il fallait craindre et aimer. Je crois ne pas exagérer en disant qu'il en était *amoureux*, ni en ajoutant que, tout en les aimant, il les détestait sans se l'avouer, nourrissant à leur égard des sentiments totalement contradictoires. Le langage qu'il leur tenait pouvait changer du tout au tout d'un jour à l'autre : tantôt il était sucre et miel, les complimentant pour les blandices de leurs fleurs, tantôt il était sec et méchant, les accusant de comploter contre lui et de vouloir sa ruine. Mais dans les deux cas il abandonnait toute pudeur, se laissant aller devant moi à des excès qui me gênaient terriblement, au point qu'il m'arrivait de quitter la pièce tant la honte me tenaillait.

Et les dionées, me direz-vous, que pensaient-elles de tout cela ? Latourelle leur prêtait si facilement des sentiments humains que j'avais tendance à pratiquer l'anthropomorphisme moi aussi. Avais-je seulement tort ? Je vous ai dit déjà la méfiance qu'elles m'ont inspirée la première fois que je les ai vues ; cette méfiance ne se dissipa pas, et se renforça même au fil des semaines. Non seulement les dionées étaient objectivement dangereuses, mais j'acquis peu à peu la certitude qu'elles étaient *vicieuses*. J'avoue avoir peine à l'admettre, moi, un scientifique rationaliste, mais les dionées latourelle, c'est ma conviction, possèdent une âme, et de la plus noire espèce qui soit. Elles ont continué de nous attaquer lorsque nous passions près d'elles ; c'étaient des agressions sans mobile, mystérieuses, presque absurdes – les mains qu'elles cherchaient à croquer n'étaient-elles pas celles qui les nourrissaient ?

Après m'être fait mordre une fois ou deux, j'ai résolu de me tenir à bonne distance et laissé Latourelle procéder aux manipulations ; lorsqu'il me demandait de l'aider, je protégeais mes bras avec des gants de fauconnier. Latourelle, lui, ne prenait aucune précaution ; en six mois, les dionées le mordirent une trentaine de fois (un jour, j'ai vu l'une d'elles déployer sa feuille pour le croquer dans le dos, alors qu'il se tenait à plus d'un mètre ; leur élasticité était incroyable. La blessure qu'elle lui fit m'obligea à l'emmener à l'hôpital. Je me rappelle la mine stupéfaite du médecin lorsqu'il vit la forme de la blessure, et je m'étonne qu'il n'ait pas prévenu la police). Leur comportement était néanmoins très aléatoire : parfois, elles lui arrachaient littéralement la chair, laissant de formidables entailles dans l'avant-bras ou le gras de la main ; d'autres fois, c'étaient des mordillements presque amicaux, comme lorsqu'un chien prend par jeu votre main entre ses crocs. Latourelle riait alors comme un enfant qu'on chatouille, feignant de protester. Je l'ai même vu faire semblant de s'écrouler au sol, comme s'il était mort, « pour faire plaisir aux dionées » !

Tout cela me mettait extrêmement mal à l'aise, et je pressentais que cette histoire allait finir en drame. Latourelle entretenait avec ses plantes des rapports malsains et pathétiques ; certains jours il me faisait penser à un vieux garçon naïf qui se laisse plumer par une gamine, d'autres jours au mari d'une femme acariâtre qui songe sans cesse à l'étrangler. Je me sentais complètement exclu de leur relation : il ne m'adressait plus la parole que pour me parler d'elles, et ne prêtait aucune attention à ce que je pouvais lui dire par ailleurs. Nous commençâmes de nous disputer, nous qui nous étions si bien entendus jusque-là. Je lui reprochais les heures silencieuses qu'il passait en tête à tête avec les dionées, le visage à quelques centimètres de leurs dents, comme pour les mettre au défi ; lui m'accusait de ne rien comprendre au secret des dionées, et d'avoir le cœur sec comme un billet de banque.

J'ai compris finalement qu'il n'y avait plus qu'une solution : remettre ma démission à Latourelle et partir. L'air de la serre m'était devenu irrespirable ; il puait la haine et la mort, et j'étais sûr que les dionées exhalaient en secret des substances infernales qui avaient empoisonné Latourelle et ébranlé sa raison. Quinze jours plus tard, je suis revenu pour le raisonner. Je l'ai trouvé assis face aux dionées, l'œil fixe, les mains tremblantes ; l'odeur était plus atroce que jamais. Les plantes me parurent avoir changé de couleur ; elles étaient plus ternes désormais, avec des nuances de jaune et de bleu semblables à celles d'un hématome. Elles ondulaient en fonction des gestes de Latourelle, et j'ai cru discerner sur leurs lobes une écume blanche pareille à celle qu'on voit à la gueule des animaux enragés. Dégoûté, j'ai quitté la serre – définitivement. Jamais je n'ai revu Latourelle. Je travaille aujourd'hui avec un autre éminent botaniste, un Français ; c'est avec lui que j'ai quitté Londres pour l'Amazonie, en février dernier.

Vous savez tout désormais ; me faut-il expliciter le fond de ma pensée ? La mort de Latourelle, je vous l'ai dit en commençant, m'a beaucoup affecté – mais elle ne m'a pas surpris. L'état dans lequel il se trouvait lorsque je l'ai vu pour la dernière fois disait assez la pente sur laquelle il était en train de glisser. Pour être tout à fait honnête, je croyais en fait qu'il se suiciderait : il me semblait certain que Latourelle, rendu fou par ses dionées, allait mettre fin à ses jours. Mais les choses ne se sont manifestement pas passées ainsi : Latourelle ne s'est pas donné la mort, *il a été assassiné*. Qui donc pouvait vouloir le tuer ? Permettez-moi de vous livrer ma conviction : c'était un crime passionnel, et les coupables n'avoueront jamais, faute de savoir parler. Je sais combien tout cela doit vous paraître absurde, et vous sais gré de n'avoir pas encore jeté cette lettre avec les dénonciations farfelues que la folie du monde doit amener tous les matins sur votre bureau. La digestion des dionées dure deux à trois semaines, période au cours de laquelle leurs mâchoires restent hermétiquement fermées. Je crois qu'en les ouvrant vous trouverez la chair de John Latourelle macérant dans le bain des sucs. Peut-être me trompé-je, peut-être les dionées qu'il a ramenées d'Afrique n'ont-elles pas la scélératesse que je leur prête depuis que j'ai vu ce dont elles sont capables. J'en serais soulagé, sachez-le ; rien au monde ne me ferait davantage plaisir, car je pourrais alors continuer de croire qu'il n'y a ni vice ni vilenie dans le monde des plantes, continuer de croire comme Tennyson que s'il m'était donné de comprendre la fleur, alors je saurais ce que sont Dieu et l'homme :

> *Little flower – but if I could understand*
> *What you are, root and all, and all in all,*
> *I should know what God and man is.*

Car depuis que je connais la dionée latourelle, je songe avec une angoisse infinie que comprendre la fleur me ferait découvrir ce que sont le Malin et la mort.

Auberon Gould ».

*

Je relis cette lettre pour la centième fois et suis aussi stupéfait qu'au jour où je l'ai reçue. Quelle affaire, n'est-ce pas ? J'ignore comment j'aurais réagi si Gould s'était manifesté plus tôt. J'ai conservé une copie de la réponse que je lui ai envoyée. J'ignore s'il l'a reçue, car il n'a plus donné signe de vie depuis.

« New Scotland Yard
Broadway, London
SW1H 0BG

Cher Monsieur,

J'ai bien reçu votre lettre et vous remercie de la peine que vous avez bien voulu prendre en me l'écrivant. Les informations que vous m'y fournissez sont très intéressantes, et croyez bien que je les aurais utilisées si l'événement suivant n'était pas intervenu entre-temps : un jeune homme du nom de William Jeffrey s'est présenté au commissariat de Brick Lane et a avoué le meurtre de John Latourelle, chez qui il était employé comme assistant scientifique depuis novembre 1954. Agressif et très perturbé, il tenait des propos incohérents, affirmant qu'on lui avait jeté un sort, que son cerveau avait été parasité et qu'une épidémie criminelle allait s'étendre dans toute l'Angleterre. Les psychiatres l'ont jugé fou et l'ont fait interner à l'asile de Broadmoor. Toutes les plantes de Latourelle ont été confiées au Royal Botanic Gardens de Kew, conformément au vœu exprimé par sa fille. Contactés par mes soins, ses responsables ont déclaré n'avoir rencontré aucun problème avec les plantes en question et, plus étrangement, n'avoir trouvé dans le legs aucune de ces dionées géantes que vous décrivez. Peut-être ont-elles pourri sur pied lorsqu'il est devenu clair pour elles que celui qu'elles aimaient de toute leur haine ne renaîtrait pas ?

Harry Grower »

Table

COMPOSITION : NORD COMPO MULTIMÉDIA
7 RUE DE FIVES - 59650 VILLENEUVE-D'ASCQ

Cet ouvrage a été imprimé en France par
CPI Bussière
à Saint-Amand-Montrond (Cher)
en mai 2011.
N° d'édition : 103160-2. - N° d'impression : 111798.
Dépôt légal : septembre 2010.